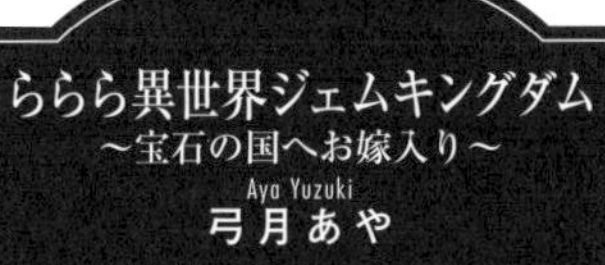

# ららら異世界ジェムキングダム
## ～宝石の国へお嫁入り～

Aya Yuzuki
弓月あや

CHARADE BUNKO

Illustration

タカツキノボル

CONTENTS

ららら異世界ジェムキングダム～宝石の国へお嫁入り～ —— 7

あとがき —— 212

# Prologue

華やかで荘厳な鐘の音が聞こえる。

ここは、大聖堂だ。

祝福に訪れた人々も司祭も花婿も、美しい主役の登場を待っている。その時。

大きな扉が開かれ、花嫁が現れた。

神妙に歩を進める花嫁の靴は、真珠色のヒール。手には可憐（かれん）な、鈴蘭（すずらん）の花束。

長く敷かれた赤い絨緞（じゅうたん）の上を長いレースが、ふわりと広がる。

白く長いベールの裾を、ベールボーイとベールガールが神妙な面持ちで持ち、しずしずと歩いている。

責任重大と感じている五人の子供たちは、みんな真剣だ。

そこで晶水（まさみ）は、奇妙なことに気づく。

その五人の子供たちは、同じ顔をしていた。

どの子も金髪で青い目でふっくら頬（ほ）っぺ。高級なビスクドールみたいで、それはそれは愛らしい。

でも全員が同じ。

古い映画のワンシーンみたいな世界の中、花嫁の足が、ハタと止まる。

いや、美しい一場面とわかる。皆に祝福されているのも、すごく幸福なのも、ひらひらのレースの花嫁さんなのもわかる。

(だけどなぜ、ウェディングドレスを着ているのが、おれなんだろう)

晶水は自分の姿を見下ろし、血の気が引く。

そして教会の祭壇の前に立つのは、銀色の髪をした美しい青年だ。

彼は長い銀髪を一つに結び、純白の大礼服に身を包んでいる。

身分ある人の、第一級正装だ。

そして、晶水に向かって、白手袋をつけた手を差しのべた。

「とても美しい。私の晶水。私の――永久(とわ)の花嫁」

厳粛な空気の中、その囁(ささや)きを聞いて、晶水はひっくり返りそうになった。

(いや。いやいやいやいや。待って待って待って待って)

これは夢なのか。それとも。

不安を煽(あお)るように、鐘の音が大きくなる。

祝福の鐘撞(かねつ)きではなく、逃がさないための警鐘のようで、怖くて仕方がない。

ふと脳裏を過(よ)ぎったのは、子供の頃に見た映像だ。

薄暗い森の奥、壺(つぼ)に似た袋を持つ植物。

いい匂いを出して虫を誘き寄せ、その袋に落ちる。あとはもう中に満ちた溶液にドボン。ゆっくりと融けていくのだ。

……自分が花の蜜に溺れて蕩ける、小さな虫みたいに思えた。

晶水は差し出された美しい手を拒むことができない。

そんな様子をベールを持つ子供たちが、密やかに笑っているような気がした。

# 1

「へ、変な夢……」

心臓がバクバクして目が醒(さ)めるなんて、生まれて初めての経験だ。

変な汗をかきながら起き出した海神(わだつみ)晶水は、悪夢の原因がすぐにわかった。

腹の上に四歳の双子が大の字になって寝ていたのだ。

「こら、天青(てんせい)、天河(てんが)。なんで、にーちゃの上で寝てるの……」

イカ腹をポンポンしても双子たちは、どんなに怒られても起きることはない。

その代わり返ってくるのは、「おかわり〜……」だの、「もう、おなかいっぱいー」といった呑気(のんき)な寝言だ。

「まったくもうー」

晶水は苦笑を受かべ、蹴とばされていた毛布を、双子たちにかけてやる。それから、そろーっと布団から起き出した。

自分たちが寝ていた布団と並んでベッドが置いてあり、そこには両親が眠っている。子供部屋といいながら、なんでもアリだ。

その海神家の朝は早い。

早朝四時に来る新聞配達か、海神家かというぐらいの早さだ。

（母ちゃんが起きる前に、朝ご飯作っておこう）

ロンTとスウェットパンツという寝起きのままでキッチンに入り、まずは電気ケトルで湯を沸かし、自分用の紅茶を淹れて、まずは一服。

そして冷蔵庫を開けた。

晶水は親元を離れて、祖父母が持つアパートで一人暮らしをしている。昨日は洗濯物をかかえ、自宅に戻っていたのだ。

一週間ぶりに帰宅すると、きょうだいは大喜び。その結果の、朝の双子プレスだった。

高校生の分際で一人暮らし。しかも祖父母のアパートなら家賃いらず。一見、気楽な独立だが、内情は違った。

修繕していない築四十九年の古アパートは、消防法もスレスレ。事故物件でないのが奇跡とも言える建物だった。

学費だけは親が出してくれたが、家賃がない代わり、生活費は全て自前だった。

そのため、学校が終わると一目散で帰って、バイトをかけもち。深夜近く終電ギリギリの時間に、ぐったり帰宅する毎日だ。

そんな生活をしながらも、一週間に一度は自宅に帰ってくる。

これは単純に洗濯機が壊れたので、借りるためだ。新しいものを買う余裕はない。

家族カードなど夢の夢。そもそも月賦ができる身分じゃない。

何よりカードどころか、携帯すら持っていないのだ。

晶水は冷蔵庫の中身をチェックして、ささっと朝食メニューを決めた。

(卵あり、食パンあり、粉チーズと牛乳とバター。よし、フレンチトーストだ)

野菜室に入っていたレタスを千切って、ミニサラダで一品。それからジャガイモを洗いラップに包むと、レンジでチン。

次は牛乳に粉チーズを溶いて、いきなりパンを浸す。

この辺りで母親が起き出した。

「あら、朝ご飯？　助かるわぁ」

「母ちゃん、おはようー」

並べてある食材でメニューを推察したらしい母が、注意する。

「晶水、フレンチトーストのパンを牛乳に浸しているけど、あんた卵を忘れてるわよ」

「あ、いいのいいの。テレビの料理番組で見たんだけど、牛乳に浸してから溶いた卵につけて焼くと、浸す時間が短くて済むんだ。楽ちんだよ」

「なんですって。卵液に一晩漬けるといいって言っているから、真に受けて前の晩から仕込んでたのに。母ちゃんの苦労を、どうしてくれるつもりなのかしら」

「次は、やってみてよ」

そう言いながら、次から次へとパンを牛乳に浸してから、卵液に潜らせ焼いていく。バターと粉チーズの焼ける香りが、キッチンに広がった。

(うーん、幸せの匂い)

浮かれつつも、手はせかせか動かす。

レンジでふかしたジャガイモをフォークで潰し、刻んだ野菜とハムを入れ、それからマヨネーズで和えて、ポテトサラダの出来上がり。

大きな鉢にポテサラを盛っていると、次々に家人たちがキッチンに顔を出す。

「おはよー」

「晶水、おはよー」

「おはよう姉ちゃんズ。テーブルの上にあるの、持っていって」

「はーい」

十九歳の双子、長女の瑠璃、次女の琥珀。

もう着替えていて、できた皿をどんどんダイニングテーブルに運んでくれる。彼女らは、それぞれ専門学校生と大学生だ。

次には寝ぼけ眼の父親が現れ、三女の藍と四女の碧が顔を出す。

藍は漫画家、碧は声優になりたくて、専門学校の学費をせっせと貯めている。

「晶水にーちゃ、おはよう」

すごい寝癖の藍が言う。

「やたっ、にーちゃのフレンチトースト大好き！」

碧がはしゃいだ声をあげる。

この『にーちゃ』は晶水の愛称だ。

一般的に末っ子は親や上の兄弟から、甘やかされ放題だろうと思われている。

しかし末っ子にはそれなりの苦悩がある。兄や姉に、いろいろ押しつけられる宿命だ。

ちょっとでも異議を唱えると『甘やかされすぎだ』と糾弾され、兄たちや姉たちのいらぬ愚痴を聞かされ雑用全てを押しつけられてきた。

楽そうに見えて。面倒でもあるのだ。

そんな末っ子の立場に甘んじていた晶水も、双子の妹と弟が誕生し、末っ子を脱出したのだ。

「はいはい。いいから牛乳とコーヒー持っていってね」

週に一度の里帰りでも、この大家族はエネルギーを吸い取ると、しみじみ思う。

やれやれと思いながら天青と天河のフレンチトーストを、一口大に切った。

大人はチーズ味だけど、園児たちはフライパンの隅で砂糖を焦がしてキャラメリゼにし、甘く香ばしく仕上げる。

（保育園は給食。最高だよなぁ。幼稚園は入学金や制服代めっちゃ高いのに、毎日お弁当。

そんなことになったら間違いなく、母ちゃん死ぬ）

「にーちゃ、どこぉー」

部屋から天青の、か細い声がする。大の字で寝ていたちびこたちが、起きたのだ。

「にーちゃはキッチンだよ。早く来ないと、フレンチトーストなくなるよー」

そう言うと、「あーん」という声と、とたとた走る小さな足音が聞こえてくる。

「フレち、トぉーストぉー」

「てんがの、いっぱい。いっぱいねっ。てんがだけ、いっぱいねっ」

「やぁだぁー、てんせいも、いっぱいー」

「はいはい。天河も天青もいっぱいね。さっさと顔を洗っておいで」

「あーい」

素直に言うことを聞いて、とてとて洗面所に向かった双子は、おむパン姿。もこもこのお尻が可愛いなぁと、こっそり思う。

洗面台にはペット用の階段を置いてあるから、拙（つたな）いながら自分で顔を洗えるのだ。

「どんどん食べてって。ごちそうさましたら、お皿はキッチンに持っていくこと」

この言葉に、大人も子供もハーイのお返事。

普通の人間なら、この辺で一日のエネルギーを使い果たし座り込む。だが、晶水はガッツが違う。この大家族きょうだいのど真ん中だからだ。

男の子は高校生になると自立を余儀なくされるため、ここにいない二十三歳の双子の兄たちも、それぞれ独立している。残りの六人の子供ズと両親は同居だ。

これが海神家の地獄絵・阿鼻叫喚図、――――もとい、家族構成だった。

□□□

晶水は十七歳。九人兄弟の五番目。立ち位置は三男坊。

正直、長男次男ほど期待はかけられていないし、末っ子ほど可愛がられもしない。要はいてもいなくても困らない、影の薄い存在だ。

海神家、鉄の掟によって晶水は十七歳で一人暮らしの身となった。

理由は単純。子だくさんの家に生まれた宿命で、部屋が足りないからだ。

女子が何人もいる家に男は無用の長物。高校に入学すると押し出されるみたいに、祖父母が所有する古アパートに、引っ越しを余儀なくされた。

成人した二人の兄も、掟に従い早々に独立した。三男が文句を言えるはずもない。

だから一人暮らしをしながら、実家に泊まりに来て家事を手伝うのだ。

来年には高校卒業だけど、進学は希望しない。専門学校に通い調理師免許を取得しようと思っている。

兄たちは奨学金制度を利用して進学したが、先々返済が大変そうだ。返せない額ではないが、そこまでして進学したいと思わない。だから自分は資格を取ろうと思っていた。

晶水は趣味と実益を兼ねて、週末は激安スーパーで食材を買い込み、料理しては、実家に差し入れをしていた。

食べ盛りの子供ばかりで、母親が毎日の料理にウンザリなのは推して知れるから、少しでも手伝いたい。

なにより家族みんなが、嬉しそうに料理を食べる姿は、見ていて楽しかった。

とにかく成長期の子供は、よく食べる。そのため母親は終わらぬ家事に明け暮れ、炊飯器は義務のように蒸気を出し続けた。

「もう観念して、五升炊きの炊飯器を買うべきかしら……」

ブツブツ言いながら家電のチラシを見つめる母親は、そうとう疲れている。

我が家の炊飯器は、一升炊き。合ではない。升である。どこの社食だと突っ込みたくなる大きさ。それでも足りないと、このミセスはおっしゃるのだ。

「母ちゃん、落ち着いて。兄ちゃんズも家を出たし、四歳児は置いといて、あとは女の子ばっかりだよ。五升炊きの炊飯器を設置する家なんて、どこの世界にあるんだよ」

「あるわよ。相撲部屋では常識ね」

「ここは両国か」

いくら人数が多いとはいえ、比べることが間違っている。やんわり注意すると、母は面倒くさそうな溜息をついた。

「晶水、お前は戦場で生まれ育ったのに、ぬるいわ」

家庭を戦場と言いきった母親は、ギロリと目を光らせる。

「小食と言い張りながら、丼飯を食べる生き物。それが女子中高生よ」

「うちの子たちは小食だよ。クッキーやキッシュが好きだし……」

「甘いわ。クッキーだのキッシュは、効率よくカロリーが摂れる悪魔の食べ物。そんな乙女メニューに騙されるなんて、あんたはまだ素人だわ」

「素人……。この場合、玄人ってナニ?」

「この家の女子はね、夕飯後に残るご飯をおむすびにすると、朝にはキレーにする妖怪よ。我が家は米食い餓鬼の巣なの」

「うわぁ……」

「子供は食べて寝て遊ぶのが仕事だからいいのよ。それに食べておかないと、いざという時に体力がなくて、死んじゃうでしょう。子供は、すぐ死ぬ生き物だからね」

これは母の口癖だ。なんでも飢饉や戦争や伝染病で、子供からバタバタ死んでいるからだそうだ。

「でも今の時代は、戦争以外で子供が死ぬことが減ったでしょう」

晶水が口ごたえすると、母は不敵に笑う。

「甘いわね。これだからZ世代は甘ちゃんっていうのよ」

母は家電のチラシにふたたび目を落とすと、不敵に笑う。

「まぁ、うちの子はみんな成長期。いくらでも食べるといいわ。血反吐を吐くまでね」

挑戦状を叩きつけるようなことを言いながら、彼女は楽しそうに笑った。

ただでさえ子育ては過酷で、熾烈を極める。

それを九人分くり返してきているのだから戦場と言うのも、あながち間違いではない。

ふにゃふにゃの赤ん坊が育ち、ようやく幼児。やっと小学校と思ったら、今度は反抗期。

進学、就職だってやってくる。親はいつでも気が抜けない。

しかも下手すれば子供に逆恨みされる場合もあるのだから、面倒この上ないだろう。

両親はつねに、いっぱいいっぱいだ。こんな親たちに、世間は知ったふうなことを言う。

貧乏人の子だくさんとか子供が可哀想とか。いい年をして、みっともないとか。

もっと露骨に、子作り以外に楽しみがないのかとかいろいろ。

両親は子供が好き。特に赤ん坊や幼児が大好きなのだ。

子供が小学校に入学すると、淋しくて仕方がない。

赤ちゃんに触りたい。ふわふわの赤ちゃん。

そして新しい命を授かると大喜び。やったー、赤ちゃんがまた来るぞう！

（すっごい、負のループ……）

思わず晶水の目頭が熱くなった。

赤ん坊を授かるのは嬉しくて仕方ないのだけど、それと生活費と養育費の問題は別。

じっさい生活は、ギリギリのギリだと思う。

「でもねぇ、子供って可愛いじゃない」

「……マジですか？」

「マジですよ～」

母が軽く言って、唇の端で笑う。

このような何も考えていないようで、本当に何も考えていない人々を、チャレンジャーと呼ぶ。そしてそれが自分の両親だ。

晶水はチャレンジ一家に生まれ育った三男坊。グズグズしていると食いっぱぐれるから、死に物狂いで器用になったし、小さい子の面倒も見た。

今や幼児の相手は得意技だった。

キッチンに立つのも好きだ。

この特技を生かすべく将来は料理人になろうと考えているのだ。

新しいメニューを考えるのも、昔ながらのメニューを作るのも楽しい。何より、食べてくれた人が喜ぶ姿を見られるのは、最高に素敵だ。

ここは、やはり料理の腕を磨こう。そして、家族の役に立つ人間になりたい。

恐ろしいほど健気で献身的な晶水は、どこまでも真面目であった。

□□□

「そういやさ、二丁目に古物商あるじゃん。あそこ、とうとう店じまいするんだって」

高校の昼休み。ざわざわキャッキャの賑やかな教室。弁当仲間のクラスメイトが言うのに、晶水は感情のない声で、「へー」と返事をする。

授業が終われば飲食店でバイトの身。昼休みは貴重な睡眠時間なのだ。適当な相槌をうって、机に顔をうつぶせた。

「なんだよ、興味ないのか」

「お金ないもん」

スッキリ本当のことを言うと、大抵の人間は黙る。しつこい詐欺まがいの電話でさえ、黙って電話を切られたことがあった。晶水にとって、魔法の言葉だ。

だが、クラスメイトは違った。

「話は最後まで聞けよ。その店、店主が年だから閉店するんだって。で、店頭の商品、なんでもタダでくれるんだよ。うちのおふくろ、電子レンジ貰ってきちゃったよ」

その一言を聞いて、晶水は机に突っ伏していた顔を、がばっと上げた。

「タダ⁉」

「すげーな。オマエ、バネみたいに起き上がったな」

「古物商って、歯医者の隣の？　電子レンジがタダなら、早く言ってよぉ！」

「先着順だから、電子レンジが残っているかはわからん。でも洗濯機とかタンスとか、いろいろあったみたいだぜ。テレビとかは、もうないって言ってたな」

「洗濯機⁉　ヤバい、行かなくちゃ！」

晶水はそう言うと、机の中に入れていたノートや教科書を通学用のリュックに詰め込み、大慌てで背負う。同級生は呆れ顔だ。

「おい、午後の授業どうすんだよ」

「ハラ痛で早退！　よろしく言っといて。じゃっ！」

「そんな元気な病人がいるか」

呆れ返った声が聞こえたが、授業が終わってからでは遅いのだ。もう目ぼしい物がなくなっているかもしれない。焦った晶水は後先も見ないで突っ走った。

二丁目まで、徒歩で十分強。その距離を、脱兎の勢いで走り抜ける。時計を見たら、五分ちょっとで到着していた。これは自分でも新記録だった。

「くそー……、もうちょっと早く知っていれば、電子レンジが貰えたのに」

詮ないことを呟きながら、晶水は件の古物商の中へ入った。

店内は想像していたより明るく、品物も綺麗にディスプレイしてある。

(洗濯機がタダで貰えたら、洗濯物を持って帰らなくてもいいな。そのぶん、ちびたちに料理を持っていけるし……。いや。何より土日は昼まで眠れる！　やったぁ！)

さすがに双子たちにプレスされて目覚めるのは、つらい。

それならコインランドリーで洗えばいい、というのは世間の話。晶水は、その数百円を惜しむ生活が沁みついていた。

(とにかく洗濯機をいただきに参ったぞ！)

どこの時代劇だと突っ込みたくなる口調で考えながら、店内をぐるりと見てみた。しかし洗濯機の売り場には、目当てのブツがどこにもない。

(――――やられた。全滅か)

ショボリしながら店内を見回していると、奥にいた小柄な男性が、いらっしゃいと声をかけてくる。

「閉店セールですよ。気に入ったものがあったら、声をかけてください」

夢のようなことを言われて、晶水の目がきらきら輝く。

「あっ、あのっ、じゃあ、せ、洗濯機……」

『が欲しい』と主張する前に、店主は手を横に振る。

「洗濯機はねぇ、午前中に出ちゃったなぁ」

「……あ、そ、そうですか。ですよね。あはは……」

高額商品からなくなるのは、世の常だ。期待に膨れ上がっていた気持ちは、たちまちプシュ～ッと小さく萎(しお)れた。

よほどガッカリした顔をしてしまったらしく、気の毒そうな顔をされる。

「ごめんねぇ。あ、洗濯機はなくなっちゃったけど、いいものがあるんですよ」

「いいもの？」

店主が案内するのは、背の高い家電の裏に置かれていた、冷蔵庫だった。

「どうです？　型落ち品だけど、綺麗なモンでしょう？　どこも故障していないですし、目玉商品ですよ」

「わー！　冷蔵庫！」

嬉しすぎて、思わず大きな声が出てしまった。

目の前にあるのは、今どき珍しい2ドアのクラシカルな冷蔵庫。高さは百五十センチもないだろう。製造から五年も経(た)っていない。

部屋にも一応、兄が置いていった古い冷蔵庫はある。だが、それはドリンク専用かと突っ込みたくなる、ミニ冷蔵庫だった。

「まぁ、氷専用冷凍庫とかチルド室もないから、家族で使うにはには向かないかな」

店主がそう言うのに、晶水は大慌てで遮った
「そんなことありませんっ！　欲しいです。すっごく欲しいです！」

そこで一つ問題があることを思い出した。

住んでいるアパートの老朽化だ。

「あのー、ぼくが住んでいるアパートは、古くて安普請なんです。もしかすると冷蔵庫が重くて、置けないかもしれません」

「古いって、築何年ぐらいの物件なの？」

「もうじき五十年らしいです」

見栄（みえ）も張らず、素直にカミングアウト。それぐらい本気だ。

冷蔵庫も問題アリの晶水だから、降って湧いたこの縁談。逃すわけにはいかないのだ。

「床の強度が心配なら、配達業者に床の補強も頼むといいよ。大型家電配送が専門のところだから、補強は慣れているし。ただ工事費と送料は実費になりますがね」

いくらかかるかと訊いてみると、ぎりぎり予算内。これならいける。

「じゃ、じゃあ、この冷蔵庫、お願いします！」

店主は配達伝票を差し出すと、住所をお願いねと言った。

（やったーっ！　冷蔵庫ゲットォォッ）

心の中でガッツポーズをしながら、ペンを借りて住所を書いた。その時、レジのほうか

ら「すみませーん」と声がかかる。

「お客さんだ。ちょっとすみませんね」

店主が入り口近くに設置してあったレジに行くと、配達伝票を記入してしまった晶水は、何もやることがなくなってしまった。

どうやら店主は、別のお客さんにかかりきりみたいだ。こちらは客とは言えない身。おとなしく待っていた。

手持ち無沙汰になり、商品の茶簞笥を意味なく開けたり閉めたりしていた。その時。

冷蔵庫の中から、カタッと音がする。

「え？」

もしかして、中の仕切り棚でも外れたのだろうか。開けてみると中は、からっぽ。

（空耳かな）

そう思いながらドアを閉めようとすると、いちばん下の棚の奥で、何かが光った。

もう一度ドアを大きく開き、しゃがんで中を覗き込む。

「ビー玉……？」

こんなものが、なぜ冷蔵庫の中に転がっているのだろう。

親に連れてこられた子供が、遊んでいて忘れたのか。

（とりあえず、さっきのおじさんに渡しておこう）

何も考えずに手を伸ばす。すると。

「えっ⁉」

ぐっと腕を引っ張られる。

ギョッとして目を瞠った次の瞬間、いきなり中に引きずり込まれた。

避ける間もなく、壁に音を立てて激突。ぶつけたオデコが、痛すぎる。思わず頭をかかえて、うずくまった。

「いったぁー……、なんでなんで引っ張られたんだ。……あれ？」

痛みに呻いたが、すぐにハッとして顔を上げる。

「おれ、なんで冷蔵庫の中にいるの？」

さっきまで目の前にあったものは、晶水の身長より二十センチは低かった。普通に考えれば、百七十センチの自分が、中に入れるはずがない。

いや。おかしい。

開けてみた時に見えた棚板も、ドアポケットも消えている。

真っ白な空間に、閉じ込められたような錯覚が、恐怖に変わる。

「ここ冷蔵庫の中じゃ、ない……？」

広がる無機質な場所。それは見慣れた家電の内部ではない。

どこまでも広く、吐き気がしそうな、ねじ曲がった世界だ。

咄嗟に逃げようとしたけれど、開いていたはずのドアが音を立て、いきなり閉じた。

「ちょっ、ちょっと待て！」

左肩を叩きつけて、勢いで逃げ出そうとしたが、のっぺらぼうな空間は動かない。

誰か子供が悪戯でドアを閉めたのか。

いや、違う。

ここは冷蔵庫の中だけど、中じゃない。うまく説明できないけど、違うんだ。

そう思った瞬間、血の気が引いた。

「誰かいませんか！　冷蔵庫の中に閉じ込められました！　助けてください！」

必死で声を上げ、つるつるしたドアを叩く。

(お店のおじさんに、どうして聞こえないんだ)

焦っているせいか、息苦しい。ぜぃぜぃと変な呼吸音になっていた。

(たいして広くない店の中。音楽はかかっていない。こんなに大声を張り上げたら、絶対に聞こえるはずなのに)

その時、ドアの向こうで、先ほどの店主の声がした。

「あれ、お客さーん、どこに行ったの？　……帰っちゃったのかな」

「おじさん、ここにいます！　閉じ込められました、助けてください！」

必死で叫んでも、反応が返ってこない。ドアが開く気配もない。

「おじさんっ、助けてくださいい、助けてっ！」

こんなに近くにいるのに、叫ぶ声は聞こえない。ドアも開かない。

「すみませーん。ちょっといいですかぁ」

「はいはい、いらっしゃいませ」

客だろう女性の声に呼ばれて、店主が離れる気配がする。

「待って！　行かないでくださいっ、助けて！」

店主が女性客のほうに向かってしまい、パニックになった。向こうの話し声はするのに、こちらの声が聞こえないのだ。

「誰かいませんか！　冷蔵庫の中に閉じ込められました！　助けてください！」

必死で叫んだその時、テレビで観（み）た昔の事故が、頭を過ぎる。

空き地に放置されていた冷蔵庫の中に子供が入り込んだ事件だ。

すぐに酸欠状態で失神し、数時間後に遺体で発見されたという。

古い冷蔵庫は、内側から開かない構造というのは本当だろうか。真空に近い状態になったら、中の空気が失われてしまうかもしれない。

必死で叫びドアを押し続けたが、ビクともしなかった。徐々に息苦しくなってくる。

「冷蔵庫の中に人がいます！　人がいるんです！　誰か助けて！」

誰か。誰か。誰か――――って、どうして誰もいないのだろう。

そう思った瞬間、一気に血の気が引いた。

晶水の知っている真空は、食材を保存するときに空気を抜く手法。肉も魚もシチューも角煮もビニールの中で、ぺっちゃんこ。

まさか。まさかまさかまさか。

(おれ死んじゃうの？　こんなところで？　こんな死に方で？　これじゃギャグだよ。真空になって空気がなくなって、ぺったんこ？)

頭の中を、ぐるぐるいろんな映像が過ぎる。家族の顔と友達の顔と真空パックの肉。

(お父さん。母ちゃん。兄ちゃんズ。姉ちゃんズ。妹ズ。天河、天青)

親ときょうだいたちの顔が浮かんだ。

走馬灯って、本当にあるんだと変な感心をした。

(おれ、こんな時に思い浮かべる彼女もいないんだ)

がっくりしながら、唇を噛みしめる。最後に考えることまでも、カッコ悪すぎた。

(死にたくない、死にたくないよ。おれ十七歳だよ。死ぬなんてヒドイよ)

古い冷蔵庫の中で息絶える。こんな死に方なんて、あんまりだ。

自分はなんのために生まれたのだろう。なんのために死ぬのだろう。なぜ、こんなことになったのだろう。

息苦しさと共に、視界が狭まる。もう死ぬとわかった。

(えぇと、洗濯機。タダの洗濯機を貰いにきたのに、先着順でなくなっていた。代わりに冷蔵庫を勧められて、大喜びで貰うことにして)

苦しい。苦しい苦しい。息が苦しい。

(なんでタダで洗濯機が欲しかったか。そりゃ家族が多すぎて、家を出ることになって、だから壊れた洗濯機を取り換えたかったし、大きな冷蔵庫も欲しくて)

そこまで考えて、涙が滲(にじ)んでくる。

(貧乏だから貧乏くじ。なんで貧しいかっていうと、兄と姉と妹と弟が売るほどいて、家計に余裕がなくて、えぇと、それって——)

そこまで考えたら、悲しくなった。

(それって貧乏ゆえの悲劇で、子だくさんの家に生まれなきゃよかったって話?)

そう。海神家でなく、普通の家に生まれていたら。

土日の朝、弟たちに踏まれなかった。早々に家を追い出されることもなくて。洗濯機を貰いたいと思うことも、古い冷蔵庫で大喜びすることもなかった。

目の前が暗くなる。ふわふわしている。目を開けていられない。酸欠だ。

あの家に生まれてこなきゃ——。

ちがう。

ちがうちがうちがう、ちがう。

脳裏を過ぎったのは、ゴチャゴチャうるさいきょうだいたちの顔。やかましいわねと言いながらも、我が子たちが騒いでいるのを楽しそうに見守る、母親の顔だった。

大量の米を研ぎ、たくさんの洗濯物を干し、ちびたちが熱を出すと病院に突進する。子供はすぐ死ぬ生き物よと嘯き（うそぶき）ながら、赤ちゃん可愛いわねぇと目を細めていた人。

彼女の子供に生まれたくなかったなんて、一度も思ったことはない。思うわけない。

死にたくない。死にたくない。家に帰りたい。死にたくない。

――――家に帰りたい。

「かあちゃん……」

母を呼んだ瞬間、晶水の意識はそこで途切れた。

# 2

「静粛に！」

カァン！　モノを叩く、鋭い音がした。その拍子に、晶水の瞼が動く。

（うるさい。……うるさい、なぁ）

今どき、静粛になんていう場面があるだろうか。

それにアレ、木槌みたいなヤツ。ジャッジマレットっていうのだと、兄ちゃんに教えてもらったことがある。昔の裁判の映画をテレビで観ていた時だ。

あんなに叩くなんて、バッカみたい。

今日は土曜日で、また洗濯物とたくさんの唐揚げを持って、自宅に泊まりに来た。きょうだいたちは大喜びで唐揚げを頬張っている。

どうぞどうぞ。いくらでも食べて。今日は三キロ揚げてきたからね。

ちびたちが必死で唐揚げを頬張る姿は、めちゃくちゃ可愛くて、大好きなんだ。

「被告人は起き上がりなさい。起きなければ、法廷侮辱罪ですよ」

侮辱罪。法廷を侮辱するって、よくないことだよね。

うんうん。誰だか知らないけど、早く起きたほうがいいよ。呑気に考え、なんとなく納得して同意する。

ちびたちが唐揚げを食べている間に、サラダでも作ろう。パリパリレタスと、きゅうりのサラダ。バランスが大事だよね。

「被告人、起きなさい」

カンカンカン！　と、ふたたび刺さるような音がする。晶水の眉がひそめられた。

（うるさいな。静かにしてよジャッジマレット。裁判の映画を観ていた時、ちびこたちが飽きちゃって愚図ったから、アニメに変えたんだよ）

記憶がよみがえる。退屈を極めていた弟ズが、アニメでイキイキと瞳を輝かせたのだ。

（トトロは凄い。どんな幼児だって一発で黙る。全ての子供に、トトロをどうぞ）

「被告人！」

今度は、ドンッと大きな音がした。なんだよ。うるさい。もうっ、迷惑。

嫌々ながらうっすらと目を開くと、信じられない光景が広がっていた。

法廷だ。

映画やテレビでしか見たことがない。そんな場所に晶水はいた。

「――――え？」

ちびたちはどこだ。

死ぬほど揚げた唐揚げは。

ぬくぬく包まっていた毛布はどこ。

混乱する晶水を他所に、裁判は続く。床に転がっていた晶水は、恐ろしくなって反射的に起き上がろうとした。だが、後ろ手に腕が縛られている。身動きが取れない。

そのとたん、血の気が一瞬で引いた。

夢じゃない。

(夢だけど夢じゃない。これはアニメの中での、有名なキメ台詞。だけど、これは夢じゃない。夢だけど夢じゃないんだ)

法廷内は大人たちが、真面目すぎる顔。

目の前に並んで座っているのは裁判官、書記官、検察官。彼らは法衣なのか、黒い服を着て表情一つ変えない。

晶水の背後に座る人々は、裁判の傍聴人だろう。

だが壇上の中央に座る頬が削げた男は、明らかに裁判長とは異なっていた。

ウェーブの長い髪は肩まで伸ばされている。瘦軀の身にまとう、長い上着は緋色。

ほかの黒い法衣を着た裁判官たちとは一線を画している。

見るからに身分が上そうだ。彼は射殺す眼差しで、真っすぐに晶水を凝視していた。

(おれ、なんで、このおじさんに、睨まれて、るの……)

緊張と恐怖で、思考が途切れ途切れになる。

蛇に睨まれた蛙みたいに身体を竦めていると、男は宝石で飾られた豪華なステッキで、ドン！　と床を突いた。

「王よ、恐れながら、ご静粛に願います」

裁判長の言葉に、晶水は真っ青になった。

（王？　この人、王さま!?　ていうか王さまってナニ！）

「我が子ベリルを殺めようとした罪、万死に値する！」

ビリビリと肌が震えそうな声に怒鳴られて、晶水はビクッと震えた。

男の目の前にいるのは自分だけ。彼は晶水を糾弾しているのだ。

（むすこを、あやめる、あやめるって、――殺すってこと？）

さーっと血の気が引いた。自慢ではないが、こちとらナマモノの血が大の苦手。アサリやシジミさえ、冷凍庫で凍らせてからでないと、調理できないのに。

生きている貝を冷凍庫に入れて凍らせるのと、熱湯に生きたまま入れるのは、残酷さでは同じ。だが、罪悪感はぜんぜん違うのだ。

（貝でこんなに躊躇するチキンのおれが人殺しなんか、できるわけがないでしょう。殺めるって、意味がわからない！）

馴染みのない無残な言葉を突きつけるこの男が、王さま。

男の膝には、小さな子供がしがみついている。くるくる金髪が可愛い、お人形みたいな子だ。年は天河と天青と同じぐらい。

(息子って、アレ？　あのちびこちゃん？)

王さまの子供だから、王子さまだ。

子供は怯えた目をしながら、晶水を見ていた。この異様な状況と、異国人の晶水と、激高している父親が怖いのだろう。

ようやく事態を把握した晶水は、頭に血が上るのを感じる。

(こんな小さな子を殺そうとした犯人だと、思われているんだ)

自分がそんな非道な犯人と疑われている。そう考えただけで鳥肌が立った。

「被告人は被害者の部屋にとつぜん現れたと、目撃証言があります」

唐突に言われて振り向くと、目の鋭い男が晶水を睨めつけていた。どうやら彼が検察官らしい。彼は鋭い目のまま、激することなく冷静だった。

「ナニーの証言では彼女が席を外した隙に、容疑者は被害者の部屋に侵入し、食事に毒を混入させたのち、いきなり気絶し倒れたと申しております」

聞いていた晶水自身が、眉をひそめるほどの大雑把さ。

どうして自分が子供部屋で倒れていたのか、誰も問題にしていない。

(なに、そのムチャクチャな話。穴だらけじゃないか。藍が投稿している漫画スクールだったら、一発でボツだよ！)

その時「証人喚問」と声が響く。

激高していた晶水が、ハッとした。証人が呼ばれたからだ。

(おれが子供を殺そうとしていたと証言したヤツ。どんな人間なんだ)

睨む瞳で振り向くと、出てきたのは拍子抜けするほど場違いな女性だった。

小柄な若い彼女は髪をピッタリと結い上げ、地味なグレーのワンピース姿だ。

宣誓ののち、震える声で話を始める。

「昼食の時、ベリルさまのテーブルにお水がなかったので、厨房へ取りに行きました」

(え？　そんな簡単にそばを離れるの？　警護は？　ノーガード？)

一国の王子とは思えぬ、ずさんな警護だ。

「部屋に戻るとベリルさまは倒れていて、その男も部屋の隅に倒れていました」

(王子さまに付き添いなしって、そりゃユルすぎるでしょ！)

このボロボロの筋書きを、当たり前のように話されて、晶水はとうとうブチ切れた。

「異議あり！　おれの弁護人はどこですか！」

大声を出したのは晶水だ。今まで裁判なんか興味もなかったし、傍聴すらしたことはない。だけど、見よう見まねで叫んだ。しかし裁判長は冷たい。

「被告人に発言権はありません」

このままでいたら、身に覚えのない罪を科せられる。冤罪だ。

晶水は冗談じゃないと、大声でまくしたてた。

「犯行現場に倒れていたから即犯人って、安直の極みだ！」

真っ当なことを言いながら、倒れてしまいそうになる。

（じゃあ、誰が自分を弁護してくれるの）

こんな裁判、ただの吊るし上げじゃないか。

「裁判にかけるなら、弁護人を要求します。被告にはその権利があります！」

まさかドラマの犯人役みたいなことを、自分が言うとは夢にも思わなかった。

（そうだ、夢にも……、これが夢なら）

夢であれば。このムチャクチャな世界が夢であれば。

「静粛に」

「おれだって静かにしたいよっ！　でも誰も弁護してくれない。何より、こんなちっちゃな子を殺そうとした汚名を着せられるなんて、我慢ならない！」

「静粛に！」

驚きが過ぎて、怒りが頂点に達した。黙っていたら、このまま罪を着せられてしまう。

そんな屈辱、真っ平だ。

「おれは子供を手にかけたりしない！」

晶水の唇から迸ったのは、絶叫だった。

「子供だけじゃなく大人だって動物だって同じ。おれは誰も殺さない。四歳の弟たちがいる。うるさいけど可愛い弟たちだ。おれにとっちゃあ子供っていうのは、どの子も弟と同じに見える。そんな小さい子に危害を加えるなんて、絶対ありえないっ」

姉や妹たちとは年が近いから、きょうだいというより友達みたいだ。だけど十三も年が離れた天青と天河を、晶水はめちゃくちゃ可愛がってきた。

そんな自分にとって、この謂(いわ)れなき嫌疑は、ありえない事態だった。

もちろん赤の他人には、晶水が子供好きかどうか知る由もない。だが、晶水は小さくて、稚(いとけな)い弟たちを、大切に慈しんできた。

晶水が犯人とされた根拠は、被害者の子供が毒を食べたとされる部屋の中で、倒れて寝っ転がっていたからだという。

だから、ここはきっと晶水の現実世界じゃない。

「静粛に！　静粛に！」

カァン、カァン、カァン！　やけっぱちのように、大きな音でジャッジマレットが叩かれる。どう見ても裁判は、晶水にとって不利な方向へ進んでいる。

改めて周囲を見て、絶望的な気持ちになった。

傍聴席に座っている人々は、欧米人に似た容姿の人ばかり。言語も英語のようで、英語とは違う。それぐらいは理解できた。

そもそも晶水は英語を話せない。だけど異国の言葉を、自分はなぜか理解している。そして、なぜしゃべることができるのだろう。

（……頭に血が上ってスルーしたけど、おれはなぜ、この人たちと会話できるんだ）

ここは英語圏の国のようで、そうじゃない。時代も周囲の人々の服装から見て、自分が生まれ育った現代には見えない。

いったい自分は、どこにいるのだ。

だが、今はそんなことを考えている場合ではない。何よりも自分は無関係で、無実だということを証明しなくてはならない。

「自分が犯人だったら、いつまでも犯行現場にいるはずがない。しかも気絶した状態だったなんて、おかしすぎるでしょう！」

しかし晶水が無罪を主張すればするほど、傍聴席から静かなざわめきが起こった。背後に座る人々の顔つきが、どんどん険しくなっていくのがわかる。

「おお、恐ろしい」

耳に入るのは、晶水を責める人々の声だった。

「ち、ちが……っ」

「まだ罪を認めないよ。ふてぶてしい」

「違います、聞いてください！」

「ベリルさまは、あんなにお小さいのに。なんてひどい」

「証拠がないのに、なぜおれが犯人なんですか。弁護人を要求します！」

「あんな虫も殺さないような顔をして、幼い王子を手にかけようとする悪魔め」

「ちがう！　違う、違う！　違う！　おれは無実です！」

ざわざわ法廷内が震えていた。誰もが晶水を犯人と思っているのだ。

誰も晶水の話を聞いていない。それどころか傍聴席から、子供を襲った卑劣な犯人と囁かれていた。無実を申し立てても、まるで相手にされない。

「静粛に！」

カァンッと鋭い音がして、法廷内は静かになった。すると何人かが顔を寄せ合い、話をしたあと、またしてもジャッジマレットが叩かれた。

「判決を言い渡します」

(は、判決⁉)

この一言に、晶水は真っ青になった。

(ちょっと待って。裁判って最終弁論とか、検事側の論告とかあるよね？　こんなふうにすぐ判決って、デタラメじゃん！)

テレビ放映のおかげで、裁判の知識が映画分はあった。晶水は可哀想なぐらい、うろたえる。ここで運命が決まるのは、あんまりだ。

（容疑者を床に転がして、人権の保護もなく責めたてるなんて魔女狩りだ。裁判じゃない。デタラメだ。素人のおれに突っ込まれるなんて、恥ずかしいと思え！）

……いや、待て。

激してしまったが、次の瞬間ものすごく努力して、冷静になる。

ここまで一方的に犯人扱いされたけれど、判決で大どんでん返しが起きるのだろうか。

ドラマやアニメによくある展開。番組終了の十五分前になると物語終結に向けて、全てを詳らかにする名探偵とか刑事が出てくるではないか。

そうだ。ここがどんな国か知らないけれど、法治国家なら人権があって当然だ。やっと、このバカバカしい茶番劇から抜け出せる。

光明が見えた気がして、晶水は目の奥が痛くなる。泣いてしまう流れだ。

（夢だか仮想現実だか知らないけど、もうこんなの真っ平だよ。でも終わるんだ。よかったぁ。早く家に帰って熱いお茶を飲みたい）

「主文」

思わず気が抜けてしまった晶水の耳に、重々しい裁判長の声が聞こえた。

「被告人を死刑に処す」

「――――は？」

突きつけられた言葉に、頭が真っ白になり、思わず洩れた声が無音の室内に響いた。

だが、異を唱える者はいない。法廷内は水を打ったように静まり返っていた。

その中で、晶水は小さく声を出す。今、自分は死刑判決を突きつけられたのだ。

（死刑って、誰が？）

うおぉぉぉんと耳鳴りがして、何も聞こえなくなった。こんなことは初めてだ。

（しけい。しけい。しけいって、――――なんだっけ）

言われた言葉が理解できず、何度も瞬（まばた）きをくり返し言葉を反芻（はんすう）する。もちろん子供ではないから、死刑の意味ぐらいわかる。

自分が知る極刑は、あくまで他人事。死刑は、リアルに響かない。

（おれが死刑。なんで。おれ関係ないし。死ぬなんて、やだ。やだやだやだ）

くり返されるのは、子供じみた数億もの「やだ」。

（死にたくない。こんなわけのわからない場所で、やってもいない罪で、死にたくない）

倒れてしまうか叫び出してしまうか。瞼が凍りつきそうなぐらい固まった、その時。

「兄上」

法廷内の緊張を断ち切る、低いけれどよく通る声がした。

声がした方向にゆるゆると顔を向けると、そこに長身の青年が立っていた。

均整の取れた体軀（たいく）と、驚くほど長い脚。銀色の髪を一つに結んでいるのが印象的だ。

彼は傍聴席にいたのか。それとも扉から入室してきたのだろうか。いつから法廷にいたのだろう。混乱しきっていた晶水には、わからなかった。

「最愛のベリルが受けた仕打ちに、お怒りはごもっとも。お察しいたしますが、証拠が不十分な状況であるのに、死刑判決など許されることではありません」

「口出しは無用だ、アレキサンドライト」

王が苦虫を嚙み潰したような顔をする。よほど相手にしたくないのだろう。

アレキサンドライトとは、確か曾祖母の指輪についていた宝石だ。こんな場なのに、いらぬことが脳裏を過ぎる。

電灯の下と自然光の下では色を変える、不思議な石だ。

「聡明で愛情深い兄上とは思えぬ、無慈悲な行い。最愛のベリルに害を及ぼされ、お心が乱れたのもよくわかります。しかし私の敬愛する誇り高い兄上にお戻りください」

彼は大きな歩幅で晶水に近づくと、まるで守ってくれるように、晶水の目の前に立ちはだかる。床に転がっているから、目に入るのは長い脚と、大きな背中だけだ。

(この人、だれ……)

後ろ手に縛られ倒れふしたまま、晶水は自分を庇う男の背中を見続けていた。

□□□

極度の混乱と怒りと恐怖が重なったせいか、晶水は視界がぼやけてきた。そのため、自分を庇うように立つ人の姿が、うまく見えない。

「どのような裁判であれ、被告人にも公平でなくてはなりません。一部始終を拝見しておりましたが、あまりにも一方的。非人道的です。私は彼に申し開きをさせたい」

「アレキサンドライト、私に楯突くのか」

王の鋭い声にも、青年は怯むことなく優美に話し続けた。

「とんでもありません。私はいつでも、兄上の従順な僕。いついかなる時も、あなたの御手にくちづけ、忠誠を誓います」

「ならばなぜ、私に逆らう」

「敬愛する兄上であっても、理の通らぬ話は、見過ごすことはできかねるからです」

展開がまったく摑めないが、王の弟らしいというのはわかり、頭がガンガン痛み始めた。

この目の前の人は横暴な王を兄に持ち、被害を受けた王子の叔父に当たる。彼は犯人と糾弾されている晶水を憎んでいても、不思議はない。

では、なぜ庇ってくれるのか。何か意図があるのだろうか。

その時。その王弟が晶水を見た。

「名前は？」

低く優しい声で問われる。答えようとして、喉がヒリヒリ痛く変な呼吸音が洩れた。

青年は痛ましそうに眉をひそめると、優しい声を出す。

「先ほど大声を出したから、喉を傷めたか。ゆっくりでいい。名前を教えておくれ」

晶水は何度か大きな深呼吸をして、区切るようにして話を始めた。

この世界に来て、初めて名乗る自分の名前を。

「ま、晶水……、海神、晶水、です」

それを聞くと青年は少し首を傾げ、歌うように晶水の名を口の中で呟く。

「おかしな名だ。異国の者か。まぁ、いい」

彼はとうとう床に片膝をつくと、晶水の顔を覗き込んでくる。

「きみは本当に、子供の皿に毒を盛ったの？」

そう訊かれて慌てて首を振る。

「違います！」

思わず大声が出てしまい、裁判長がきつい目で見てくるが、それどころではない。

「違う。お、おれ、なんか知らないけど、入ったことのない部屋で倒れていたらしくて。

気がついたら、この法廷で拘束されていました。それで、いきなり犯人だって言われました。あ、あの子に毒を盛ったから死刑って宣告されて、どうしていいか……」

「きみは本当に、小さな子供の皿に毒を盛っていない？」

「そんなこと、しないっ！」

言い方が少し変わっているが、同じ質問を青年はくり返している。じっと晶水を見つめる、宝石みたいな虹彩の瞳。

その眼差しに見惚れそうになりながら我に返り、ぶるぶるっと頭を振る。

「お、おれ、料理人を目指しています。料理人は人のための仕事。人を喜ばせる仕事。人が生きるのに必要な、食事を作る仕事です。だから絶対に、人の食べものに毒なんか入れない、……入れてたまるかよ、ちくしょうっ！」

必死でそう叫んだが、青年は表情も変えない。

「きみは本当に」

信じていないからか、冷ややかな目をしていた。

「子供の皿に毒を盛らなかったんだね？」

容赦ない三度目の問いかけに、絶望的な気持ちになる。

もう駄目だ。もう、本当に本当に駄目なんだ。

（死刑。絞首刑か毒殺か銃殺か電気椅子か。ほかになんかある？　怖い。怖いよ。死んだら死体はどうなるんだろう。家に帰れない。死体が帰っても仕方ないけど、でも）

無意識だったが、懇願の哀れな声が唇から零(こぼ)れ落ちた。

「もう帰りたい、家に帰して……っ」

その時。青年は壇上の王に向き直り、静かな声でこう言った。

「この者は、しばし私が預かります」

そのとたん、法廷内にざわめきが起こった。

「アレキサンドライトさま。法廷を侮辱なさいますか」

裁判長の低い声に、青年は頭を振った。

「差し出がましいと承知の上だが、状況を聞いただけでも不自然極まりない。倒れていた彼が、ベリルの食事に毒を盛ったとは考えにくい」

「判決を否定されますか」

「否定でも侮辱でもなく、彼はどうやって城内の厳重な警備を潜り抜けたのか、それも知りたい。これは警察が威信にかけても捜査する必要がある」

青年は穏やかにそう言うと、倒れたままの晶水の身体を引き起こす。

「いくら容疑者といえども、この扱いは人道的にありえない。彼の犯行が立証されない限り、断固として死刑も投獄も容認いたしかねる」

彼はそう言うと晶水を抱き上げ、歩き出した。その瞬間、晶水の意識がそこで途切れて、あとの騒ぎは知らずに済んだ。

# 3

晶水が目を覚ますと、海の底で揺らめくような光が、ゆるやかに差し込んでいた。

正確には、レースのカーテン越しに差し込む陽光が、ベッドカバーの上に美しい陰影を見せていたのだ。それを薄目で確認して、もう一度目を閉じる。

（静かで気持ちのいい朝……。最高）

いつもなら腹の上でジャンピングする、ちびこたち。奴らは必ず晶水の腹の上で、大の字で寝るか運動するのだ。おかげで休日の朝は、苦しさで目が醒める。

（気持ちいい……。部屋の中にトーストとコーヒー、それと焼いた卵の匂い。卵はなにかな。オムレツだったらいいな。チーズオムレツだったら、もっといいな）

普段ではありえない幸福に浸っていると、意識がようやく覚醒してくる。

（ていうか誰が作っているんだろう）

ちびこはともかく、基本的に自分のことは自分でするのが海神家の鉄則。優雅にコーヒーを淹れてくれる環境ではない。嫌な予感がする。晶水の目は、ぱっちり開いた。そして目の前に広がる天井の、精密なレリーフに圧倒される。

「……なにコレ」

　こんな立派なレリーフは、美術館とか博物館にあるもの。決して自分の生活圏内には存在しないのだ。

「意味がわからないけど、なんだ、ココ？」

　なぜ、こんなところに寝ているのだろう。一気に不安になる。

　美しい天井のレリーフだけではなく、部屋中に生けられた大輪の百合(ゆり)、先ほど夢うつつで見た、たくさんの大きな窓と繊細なレースのカーテン。

　どれも実家とは縁遠すぎるものばかりなのだ。

「えぇと、確か大勢の人がいて、……あっ、法廷！　法廷にいたんだ。怖いオッサンに睨まれて、――――死刑を……、せ、宣、告……」

　気絶する前の騒動がよみがえり、思い出すと気分が暗くなる。そう、自分は死刑を告げられたのだ。あの法廷で、誰も弁護してくれない、理不尽な世界の中で。

「なんで、おれ……、生きてんの？」

　思わず両手を開き、まじまじと見つめる。

　自分はもうサクッと処刑されて、ここは天国ってやつだろうか。

「天国なのに新しい服って、変だよね」

　見下ろしてみると、手触りのいい服を着ていた。

「なんか女の子の服みたい」

着ていたそれは裾が長く、長袖のシンプルなワンピースみたいだった。

「これ、シルクだよね。母ちゃんのブラウスと同じ手触り。……高級品ってこと？」

母親が持つ服の数は少ないが、そのぶん素材のいいものだけを着ていた。

自分がなぜ、そのありがたいシルクなんか着ているのだろう。

やはりここは、天国か。

「でも、うちは仏教だし天国は違うんじゃない？　あ、ちびズの七五三でお宮参りしたから神道？　クリスマスとハロウィンとバレンタインは、老いも若きも参加するしなぁ」

曖昧な宗教観で考えても、明快な答えが出ないと思い直したその時。

「お目覚めでございますか」

突然の声に、思わず跳ね起きる。目の前には白髪の男性が立っていた。

初老の彼はジュストコールと言われる、中世ヨーロッパの服を身に着けている。

品のよさが滲み出る姿だが、晶水の世界では珍しい服装だ。

「あ、あの……」

「お目醒めになられて、ようございました。あなたさまは二日間、ずっと寝ておられたんですよ。お医者さまは身体に問題はないと言われましたが、心配で心配で」

戸惑っている晶水の顔を見て、男性は「申し訳ございません」と頭を下げた。

「お初にお目にかかります。わたくしはオパール家の執事を務めております、モルガナイトと申します。どうぞお見知りおきくださいませ」

深々と頭を下げられて、びっくりした。自分の父親よりも年上の人に、こんな対応をされるのは、もちろん初めてだ。

「は、はぁ……。海神晶水です」

「わだ、まみ？」

「言いにくいですよね。晶水って呼んでください。ま・さ・みです」

「まさ、みさま。申し訳ございません。異国の言葉は勉強不足でして」

（異国の言葉かぁ）

異国じゃなくて異世界なんだけど。改めて言われると、胃の奥が重くなる。

やはり夢ではないのだ。

「気絶する前、おれ法廷にいたと思うんですけど……」

「はい。意識を失われたマサミさまを、アレキサンドライトさまが連れ帰られて」

「アレキサンドライトって、……すごく背が高くて髪の毛が銀色の人ですか」

声が低くて、手が大きくて、自分を庇ってくれた人じゃありませんか？　そう訊こうとして、なぜか口を押さえた。

「はい。おっしゃるとおりの方でございます。晶水さま、おめざのお水をどうぞ」

執事は穏やかに返事をして、枕元に置いてあった水差しから水を注ぐ。そして晶水に手渡してくれた。

大きなグラスに満ちた水を見た瞬間、いきなり喉の渇きを思い出す。すぐに口をつけ、ものすごい勢いで飲み干し思いきり咽る。

「大丈夫でございますか」

モルガナイトは背中をさすってくれたけれど、それより水を、もっと飲みたい。

「ごほっ、ごほ……っ、あ、あの、水、水をもっと……」

忠実な執事が注いでくれる透明な液体が、まるで命の水のように思えた。咳き込みながらグラスを受け取ったけれど、咳が止まらず飲むことができない。

でも、水をもっと飲みたい。人生史上初というぐらい、喉がカラカラだった。

「身体を支えていよう。ゆっくり飲みなさい」

優しい言葉に涙ぐみそうになっていると、背中をしっかりと支えてもらった。

この体勢だと、赤ちゃんがお母さんにミルクを貰うのと、同じ感じだ。

グラスに注がれた水を必死で飲んでいると、優しく話しかけられる。

「慌てないで。もう大丈夫だ」

深くて、すごくいい声。執事さんって、こんなだったろうか。

気になったが、今はそれどころではない。ものすごく喉が渇いていた。ここまで、水分が欲しいと思ったことはなかった。

飲み始めたら歯止めが利かない。

大きなグラスで思いっきり飲み干して、やっと満足の溜息が出る。

「ありがとうございます。あー、おいしかった！」

「どういたしまして。満足いただけて光栄です」

その声は、執事ではない。思わず振り返ると、あの人が自分を見下ろしていた。

「あーっ！」

「ごきげんよう」

優雅に微笑まれて、思わず口を押さえた。

目の前に立つ彼は、白いブラウスに黒のズボンという普通の格好だったが、長身なので
そのシンプルな服装がよく似合っていた。

（いや、シンプルじゃないか。ブラウスが似合う男って、なかなかいないよね。だって袖
がふくらんだ服なんて、現代じゃ見ないもん）

そこまで考えてハッと気づき、姿勢を正す。彼は、あの法廷で自分を救ってくれた人だ。

ブラウスがどうとか、考えている場合じゃない。

慌てて身体を離し、思いっきり頭を下げる。

「助けてくださって、ありがとうございました！」

彼がいなければ、自分は投獄どころか死刑になっていたのだ。

誰も弁護してくれない、あの理不尽な場で。考えただけで、ぞっとする。

彼はいきなり感謝されて面食らった様子だったが、すぐ笑顔を浮かべた。

「兄は大変な子煩悩。しかもベリルは長子。ことのほか溺愛している。だから、その最愛の我が子に異変があって我を失ってしまった」

王の膝にすがりついていた小さな子を思い出して、一気に気持ちが暗くなる。あの子は本当に、毒を飲ませられたのだろうか。

黙り込んでしまった晶水をどう思ったのか、彼は執事を呼んだ。

「朝食を寝台まで頼む」

彼の言葉に目が輝いた。水を飲んで人心地がつき、今度は空腹を思い出したのだ。

(おなか、すいた)

子供みたいな感情が襲ってきた。

「晶水さまは絶食が続きましたので、何か消化のいいものをご用意いたしましょうか」

執事の冷静な助言を聞いて、肩がどんと落ちる。消化のいい食べ物というのはすなわち、おかゆとか果物とか、要するに血と肉にならないものだ。

ションボリしている晶水を、さらなる悲劇が襲った。

ぐぎゅぎゅぎゅぎゅぎゅぎゅぎゅるるるるるるる。

盛大な音が鳴った。――――晶水の腹の音だ。

アレキサンドライトは苦笑を浮かべ、執事と顔を見合わせた。

「……普通の食事でいいようだ」

「左様でございますね」

「すぐにスープとサラダと、オムレツにベーコンを添えて持ってきてくれ」

「かしこまりました」

「フルーツもいるかな。丸二日も食べていないのだ。そうとう空腹だろう」

神のお告げのような言葉を聞いて、とたんに晶水の瞳がきらきら輝く。

「それではオムレツの卵は六個で」

これを聞いて、晶水の耳がぴょんっと大きくなった。

(た、卵六個。普通のオムレツは三個で一人前とされるから、倍の勘定……)

海神家ではチーズや牛乳を入れて、かさ増しをする。だから一個が原則だった。

「すぐに温かいものをお持ちします」

「いいね、頼もう」

思わず寝台から起き上がろうとすると、アレキサンドライトに止められる。

「いいから彼に任せて、きみはそのままでいなさい」

椅子に座っていた彼は、晶水の肩をそっと押した。たいして力が入っていないはずなのに、身動きが取れないことに気づく。

「あ、あの、離してください」

「ああ。失礼。痛くしませんでしたか」

「それは大丈夫ですけど……」

すらりとした長身は、これみよがしな筋肉などついていない。だけどこうやって密着してみると、うっすらと張りのある体躯だとわかった。

それだけではない。彼からは硬質な、独特の香りがする。例えて言うならば、森の苔にも似た、深みのある瑞々しい匂いだ。

「お待たせいたしました」

すぐに執事が扉を開き、銀のワゴンと共に部屋に入ってきた。寝台で食事が取れるよう、晶水には脚つきのトレイを置いてくれた。

いい香りがする。できたては格別だ。

「……ふわぁー……」

思わず夢見心地の声が出た。

とろとろのポタージュが入った皿の隣は、色とりどりの野菜がおいしそうに盛られた一皿。ただのサラダだが輝いていて、宝石の盛り合わせにも見える。

その隣はカリカリに焼かれた大きなベーコンと、ふっくら大きなオムレツ。

添えられたトマトの赤が鮮やかだ。それと大きなブリオッシュ。

奇をてらったものは、一つもない。でも普通の食事は、なによりのご馳走だ。

「どうぞ召し上がれ」

優しい言葉に促され、震える手でフォークを取った。

「い、い、いただきます……っ」

気持ち的にはベーコンかオムレツにかぶりつきたいところだが、平常心を保ってサラダを口に入れる。

パリパリと咀嚼したあと、新鮮な野菜は、滋味にあふれていた。

絶妙の火加減だからだ。オムレツにフォークを入れる。とろりと卵が溶け出すのは、

(さっき、オムレツの卵は六個って言った。これは絶対に、抜群おいしいスペシャルオムレツ。だって、卵って十個入りで一パックだし。それが六個って、……六個って!)

卵は一個が常識の海神家。卵が二個は、特別の日と限られている。誕生日とか試験の日とか成人式の日だ。

オムレツの卵が六個なんて戯言を抜かしたら、ちびたちがイナゴの大群のように飛んできて、一気に貪るだろう。

まるで戦後食糧難の欠食児童のようだが、生存競争が激しいのが大家族なのだ。

くだらないことを考えながらオムレツを口に入れ、絶句してしまった。

「お口に合いますか」

そう訊いてくる青年に、晶水は無言でコクコクコクコクコクと頷き、ごっくんと嚥下する。

そして、おもむろに口を開くと、立て板に水の勢いで語り出す。

「口に合うとか合わないいじゃなくてなにこれオムレツっていうかスフレケーキっていうかサクふわトロで卵の旨みがジュワーって広がって」

一息でまくし立てると、青年は微笑みを浮かべた。

「広がって？」

「めちゃくちゃおいしい！」

スーパーで特売品の、十個入り九十八円の卵を大喜びで食べる晶水だが、口にしたものは卵というより、別の次元の食べ物だった。

「どうぞ、ゆっくり召し上がれ」

「はい！」

（おいしいなぁ。おいしいなぁ）

絶品オムレツをふたたび口に入れ、身悶えしそうになる。だけど。

（……こんなにおいしいもの一人で食べるなんて、もったいないなぁ）

ふと過ぎったのは、家族のことだった。

（こんな贅沢オムレツ、ちびこたちにも食べさせたい。いや、こんなに大きいんだから、ちびこだけじゃなくて藍と碧も姉ちゃんズも、っていうか、父ちゃん、母ちゃんに食べさ

せたいな。きっと、みんなで足踏みして大喜びで）

家のことばかり考えていると気づき、この世界に来る前のことが気になった。

（おれ、冷蔵庫の中で死ぬって思った時、最後に母ちゃんって言った。マザコンかよ）

赤くなりながらも、しょんぼりする。複雑な顔をしていると、優しい声をかけられる。

「黙り込んでしまって、どうしましたか」

無言になってしまった晶水を心配して、声がかけられた。ハッとして顔を上げる。

「ごめんなさい。ものすごく、おいしくて堪能していました」

「堪能すると無口になるのですか」

「口を開くと、おいしいのが逃げちゃうでしょう。だから黙っていたんです」

「逃げる……」

そう言ってみたが、どうも通じていないようだ。国王の弟に卵六個のオムレツに感動し、家族に食べさせたいと言ってみても、理解できないだろう。

だが彼は優雅に微笑むばかりだ。

「きみはとても、お腹が空いていたんですね」

「空腹だからじゃなく、卵も野菜もスープも何もかも、めっちゃおいしいです」

「……めっちゃ？」

聞き返されて、自分が品のない言葉遣いをしたのだと気づき、恥ずかしくなる。

「あ、えーと、ものすごく、最大限にという意味の俗語です」

「そうですか。ゆっくり召し上がってください。食事が済んだら、少し休まれるといい」

実は、まだ身体の節々が痛い。でも、なんとなく言い出せないでいた。だって自分は、死刑判決まで言い渡された罪人なのだ。

だけど彼は、まるで負い目を感じさせない話し方をする。洗練されているのだ。

「なにからなにまで、すみません」

「いいえ。事の発端は私の兄ですから。そういえば、きみの名前を聞いていたのに、私は名乗っていませんでしたね」

「お名前、知ってます。アレキサンドライトさんですよね」

おや、という顔をされたので、法廷で聞いたと答えた。

「お兄さんが言っていました。あと、さっき執事さんにも確認したので」

「……度胸がおありだ。あんな状況で、よく私の名など覚えられましたね」

あんな状況とは、目が醒めたら拘束されて王という人に憎まれて罵られ、最後は死刑宣告までされて、ぶっ倒れたことか。晶水は思わず肩を竦める。

「ええ、まぁ。宝石と同じ名前だなって思って」

そう言うと、彼は意外そうに目を見開いた。

「その通り、アレキサンドライトは鉱物の名です。姓はオパール。長い名前ですから、アレクで結構」

アレキサンドライトに続いてオパール。宝石の大放出みたいな名前だ。だが、そんなことはおくびに出さずに、そうなんですねと笑っておく。

「きみは海神晶水ですね」

いつ名乗ったっけ。ごちゃごちゃする記憶を探ってみると、法廷だったと思い出す。

「そうです。晶水って呼んでください。おかしな名だって、言っていましたよね」

そう言うと彼は目を見開き、次にハハハッと笑った。

「驚いた。そんなことまで、覚えているとは」

確かにその通りだ。ちょっと恥ずかしい。だけど恥ずかしさより、彼の笑顔に目を奪われた。だって、すごく、すっごくカッコよかったからだ。

思わず見惚れた次の瞬間、カッコいいと思った自分が恥ずかしくなる。

(男同士でカッコいいはアリかな。アリだよね。藍とか碧がこんな美形と遭遇したら、大騒ぎだろうな。萌えとか尊いとか、なんか専門用語があるんだよな)

とにかく彼は美形だ。母親がよく観ている映画に出ている俳優みたいだった。

「アレクさんて……」

「アレクで結構です」

「はい、アレク。おれの母が持っている唯一の宝石が、そのアレキサンドライトの指輪なんです。曾祖母の形見だって言ってました」

「それは素敵ですからね」

「母親の名前が珊瑚っていうんです。だから子供も、宝石にちなんだ名前ばっかりで。双子の兄が金継と剛。ダイヤモンドはおれの国の言葉で金剛石っていうから、そこから名づけたみたいです。その次が双子の姉、瑠璃と琥珀」

「晶水は？」

「おれ？　おれは貧乏くさいですよ。で、双子の姉の次が藍に碧。これはアクアマリンとエメラルドの和名です。下の弟も双子で天河と天青。これアマゾナイトとセレスタイトなんですけど」

「きみの名前も、宝石の名でしょう？」

「え」

「きみの瞳は、ジェムキングダムに相応しい輝きだと、ずっと思っていました。晶水というのは、どんな宝石の名ですか」

改めて訊かれて、口ごもる。

晶水は字のごとくだが、水晶は宝石とは言いがたい。特に稀少性もない天然石だ。

透明な水晶はほかの輝石と違って、宝飾品になることは少ない。なったとしても、パワーストーンか数珠か水晶玉か、あとはせいぜい印鑑くらい。

要するに、映えない石だ。

「おれの名は地味です。水晶の文字を引っくり返して晶水。意地でつけたとしか思えない、イージーな名前です。なにより水晶って地味だし」

晶水が自虐的にそう言うと、彼は「いいえ」と頭を振る。

「無色透明なクリスタルは、神秘の石です。不純物が混じると色が浮かぶ」

「へぇ。知らなかった」

一般的に紫水晶はアメシスト、黄水晶はシトリン。ピンクはローズクォーツという具合に華麗に名づけられて、可愛らしいアクセサリーになることが多い。

それが不純物ゆえの産物だったなんて、ちょっと驚きだ。

「透明な水晶は価値がないから、数珠になっているのかと思いました」

「ジュズ?」

「あ、えぇと、お祈りを上げる時に使うもので、小さい珠に穴を開けて、糸を通して作るんです。えーと、ロザリオとかも珠で繋がっていますよね」

うろ覚えだが、ロザリオの一言で納得してもらえた。違う国のようで、微妙に共通点があって、面白い。

「なるほど。神への祈りを捧げる、神聖な石なのですね。そこからわかるように、水晶は崇高で、神秘的なものです。きみに相応しい」

いきなり言われて首を傾げる。この人と自分は会ったばかり。相応しいと言われても、いまいち信憑性に欠ける気がした。

おれの何を知ってるの？

その疑問が顔に出ていたらしく、「どうしましたか」と質問されてしまった。

「何か気に障ることを言いましたか」

「気に障るとかじゃなくて、……相応しいって、どうしてですか？」

「気を失う前、あなたは料理人は人のための仕事だと言いました。人を喜ばせる仕事、人が生きるのに必要な、食事を作る仕事だと。正直そんなことを考えたことはなかった」

顔が赤くなるのが、自分でもわかる。興奮していたからとはいえ、法廷なんて場所でなにをベラベラしゃべっていたのだろう。

「あ、あはは……。裁判長がすごく怒っていましたね。あはは、やっちゃった……」

どんどん声が小さくなった。青臭い自分が、恥ずかしくて仕方がない。

「あなたの精神はクリスタルと同じ。無色透明で不純なものは受け入れない、高潔な魂の持ち主です。だから、救いたいと思いました」

ひゃー、もうやめてー。これ以上褒められたら、行き倒れてしまいそう。

「あ、あ、ありがとうございますですハイ」

声もなく、もそもそと食事を続け、綺麗に食べ終える。

「健啖家ですね。頼もしい」

「けんたんか？」

「好き嫌いなく、たくさん食べるという意味です」

要は大食いってことなのだと納得し、食後のコーヒーまで飲み干した。

「おいしかったー！　ごちそうさまでした！」

「どういたしまして。いい食べっぷりでした。晶水、一緒に来てもらえますか」

そう言われて、寝台を下りようとした。しかし、脚に力が入らず、床にへたり込んでしまう。驚くほど力が入らない。

「あれ？　えぇ？」

座り込んでいる晶水をどう思ったのか、彼は「失礼」と声をかけると、いきなり抱き上げてしまった。

「えぇー！」

「失礼。しかし使用人を呼ぶより、面倒がないでしょう」

確かに執事を呼ぶと、大事になりそうだ。仕方がないので、黙ってされるがままになる。

彼は大きな窓を開けると、そのままテラスへと歩き出した。

目の前には大きな庭園が広がる。屋敷の目の前には見事な噴水が造られて、きらきらと水を弾いていた。たくさんの木々と見渡すばかりの平地。

驚いたことに、樹の繁る葉が、美しい宝石だった。

「あ、あの、あれ、木の葉っぱが緑色の宝石ですけど」

「ええ。エメラルドです」

ぽかんとする。エメラルドってよく知らないけど、お高い宝石の名前だ。

見れば屋敷の壁も、美しい石でできている。怖くなったが、確認することにした。

「もしかして、この建物も、……宝石？」

「ええ。ダイヤモンドで造られています。美しいでしょう」

ハイ、そうですねと言えるわけない。それどころか、言葉を失った。

腰が抜けそうだ。ダイヤモンドって金剛石。自分の兄の名に由来する宝石は、バカみたいに高価だ。婚約指輪にくっついているダイヤは、とんでもない値段なのに。

(それが建物を造るって、ギャグでしょう。いや、どうやって造るの！)

考えただけで気絶しそうだと思いながら、彼を見上げた。

「……ここは、アレクの宮殿ですか」

「正確に言うと、丘の向こうに建つのが宮殿です。そこに王族一家――――、兄カーネリアンの一家が居住しています。ここは離れの屋敷ですから、規模は小さいです」

この豪華な屋敷のどこが小さいかわからないが、当の主人は澄ましたものだ。

(小さいって言った。価値基準が違いすぎる。１Ｋのアパートを見せてやりたい)

「右手側に、湖があります。それを越え、林を抜けると、国土が見えてくる。それがジェムキングダムという国家の領土です」

「ジェムキングダム……」

「ええ。ジェムキングダムの国民は生まれ落ちたその時から、宝石の名を命名されます。晶水、あなたも同じだ」

初めて聞いた国名は、ここが別世界だと思い知らされる。そして自分がその不思議な空間にいることに、改めて不安をかきたてられた。

ここは異世界。宝石の王国。

夢みたいなことが起こる、魔法の世界。

「きみがこの国にいることを、説明できますか」

優しい声で訊(たず)ねられて、晶水は訥々(とつとつ)と事情を説明しはじめた。

「おれは大家族に生まれで、ごくごく平凡な学生です。将来は料理人になりたい夢があるけど、あと一年は学校に通わなくちゃならない身の上です」

そんな自分が、洗濯機が貰えるかもとウキウキと古物商に駆け込んで、代わりの冷蔵庫を見ていただけ。それだけなのに、いきなりこの世界に引きずり込まれてしまった。

まさに、タダより高いものはない、だ。昔の人は、いいことを言う。

「気がついたら法廷に転がっていました。もちろん王子さまに危害を加える暇もない。そもそもベリルの存在も知らなかったし、殺そうと画策するわけがない」

理路整然と説明できないもどかしさ。話をしていても自分で自分に苛々する。

「この世界は、おれがいたところと似ている部分もある。でも」

「でも?」

「時代も国籍も、なにもかもが違うんです」

(あー、おれ頭が悪いから、説明が雑なんだよなぁ)

改めて、自分の駄目さが悲しくなった。

(兄ちゃんズは理系だから、説明とかうまいんだけどなぁ。……でも、いくら頭がよくたって、違う世界に落っこちた話なんて無理だ)

泣きたい気持ちで溜息をつくと、視線を感じた。顔を上げてみると、彼が優しい目で自分を見つめている。

「あ、あの、なにか?」

ビクビクしながら問うと、彼は思いもかけないことを言った。

「心細かったでしょう」

信じられない言葉に、目を見開いた。瞠目というやつだ。

「あの……」

アレクは晶水の身体を、そっと下ろした。

「知らない異国に飛ばされ、法廷に引きずり出されたのです。怖くないわけがない」

その言葉を聞いた瞬間、張り詰めていたものがゆるむ。

「こんなに苦しい状況の中、きみはちゃんと無罪を主張した。敬意を表します」

そんなことを言われて、いきなり視界が歪んだ。

涙だ。

滲んでいた液体は、すぐにふくれ上がる。

そして涙となって盛り上がり、頬に零れ落ちた。

「ご、ごめんなさい。泣くなんて子供みたいだ。こんな、泣くつもりじゃないのに」

拳で涙を擦ろうとすると、綺麗な指に止められた。

「先ほども言いましたが、法廷であなたは、料理人は人のための仕事、人を喜ばせる仕事、人が生きるのに必要な、食事を作る仕事と言った。高潔で、尊い魂です」

「いえ、あの、そりゃあオーバーです」

「私は心の底から、感動しました」

真摯な眼差しに見つめられ困った。大の大人が高校生の戯言に感動しても、なんとなく面映ゆい。

「きみの無罪を証明したい。きみは痛ましい被害者だ」

「あっ、助けてくれるのは嬉しいです」

やっとベタ褒めタイムが終わってくれて、ホッとする。とにかく、死刑宣告は撤回されていないので、いつまた拘束されるかわからない。

ふたたび捕まったら、――――今度こそ死刑だ。

「異国の人間であるきみが、どうやって警備を潜り抜けて城内に入り込んだのか謎だった。今の説明を聞いて謎が深まるばかりだ。だが巻き込まれた。それなのに法廷に引き出され兄に責められた。これは由々しき問題だ」

「あの……、どうしてそんなに親身になってくれるんですか」

ずっと頭にあった疑問が、唇から零れ落ちる。

そうだ、どうして彼は自分を助けてくれたのだろう。

「何度も言っているでしょう。きみの高潔な魂に感動したと。だから、手助けしたいのです。それに」

「……それに？」

「ここは宝石の国。宝石の名を持つきみも、ジェムキングダムの住人だからです」

びっくりした。

法廷で目覚めた時から、この国の人々に受け入れらているとは思えなかった。死刑を言い渡されたのだから、当然だろう。

だけど彼は晶水が、このジェムキングダムの住人だというのだ。

「水晶の名を持つきみを見捨てることは、騎士道に反します」

その時ふいに吹いた風が、城を取り囲むように覆い繁る樹を、さらさらと鳴らす。貴石の葉鳴りは、ありえないほど玲瓏な音を奏でた。

そしてアレクの銀色の髪が、靡く。

抜けるような青空と、宝石の葉。そして美貌の青年。

晶水は思わず見惚れた。美しさとは、こういうことを言うのだろう。

（男を綺麗なんて思ったことなんか、一度もないのに。まるで魔法みたいだ）

こんな現実味のない世界で、人に見惚れることに驚きを覚える。

「まず、きみの潔白を証明しましょう」

そう手を差しのべられ、おずおずと握った。そうだ。自分はいきなり異世界に放り込まれ、死刑宣告をされた身。

まごうことなき、死刑囚――。

考えただけで胃の奥が痛む。無実を証明しなければ、自分は死ななくてはならない。

「不安でしょう。でも、きみは一人じゃない」

ふいにそう言われて、不覚にもまた涙がこみ上げてくる。

（待てよ、おれ。ちょっと涙腺おかしいよ。男のくせにベソベソベソベソ……）

なんとか自分を叱咤して、立ち直ろうとする。だって泣きすぎだからだ。いくら異世界で一人ぼっちでも、そう泣いてばかりもいられない。

「晶水、負けないで。きみは私が守ります」

身体を貫くような台詞に、再び涙腺が決壊した。

歯が浮くような言葉の数々に照れている場合じゃない。

じゃない、じゃない。でも。

次の瞬間、涙がボロボロ零れて、わけがわからなくなる。すると力強い手が肩に触れ、そのまま引き寄せられた。

男の胸に抱きしめられる。こんなことが自分の人生に起こるとは。

でも不安に潰されそうになっていた心は、抱擁される心地よさを初めて知った。

# 4

しばらくの間、抱きしめられていた。だけど、はっと気づいて慌てて身体を離す。

「ああ、すみません！　おれ何を甘ったれているんだろう！」

ジタバタする晶水に、彼は粋だった。

「きみは心細い。人に甘えたくなるのは、当然でしょう」

などとサラッと言ってのける。それを聞いて晶水はさらにジタバタしそうになった。

（うわーっ、うわーっ。カッコよすぎる！　なんでこうも決まるんだろう）

考えてみれば、相手は王族。こちらは一般市民。それも、かなり下のレベル。

セールがあると聞けば、三駅先のスーパーまで自転車を漕ぐのが当たり前。そんな自分が、尊い王族として生きてきた彼に劣ると考えるのは、当然のことだ。

「急に黙り込んでしまって、どうしたのですか」

さらりと訊かれて、このモヤモヤを吐露していいものか悩む。

「おれ、元の世界では九人きょうだいの真ん中で、いちばん下の弟なんか四歳なんです」

「ほう」

「そのせいか所帯じみてて、っていうか貧乏臭くて……」

「急に、どうしたんですか。そんなことはありません」

「アレクとおれ、ぜんぜん違いますもん。雲泥の差っていうか」

「卑下しすぎです。とりあえず部屋に戻りましょう。ここは寒い」

確かにテラスにずっといたから冷えてきた。しかも、抱擁から解放されたけど、なんとなく手は繋いだままの現状は、どうなのだ。

部屋に入ると、なんだか騒がしい音が聞こえてきた。どんどん近づいてくる。

「……これって、なんの音ですか」

「何か聞こえますか」

「聞こえますよ。ほら、遠くのほうから、きゃわきゃわって」

なんだろう。何か懐かしいというか、思い出すのが面倒というか、とにかく聞き慣れた騒がしい音なのだ。

「きゃわきゃわ?」

「ウッキユウッキュッっていうか、キャッキャッキャッキャッというか。なんかこう、祭りのお囃子(はやし)みたいな、異様に陽気な音が……」

そこまで話をしていると重厚な扉が、バーンッと開かれた。

「おにいちゃま!」

見ると扉を開けたのは、三歳ぐらいの幼児だ。仁王立ちみたいにして、こちらを見ている。法廷で見たベリルと、とても似ていた。

「やぁ、ラピス。ごきげんよう」

（双子なんだ）

するとラピスと呼ばれた子の後ろから、とてとて足音をさせてすぐにまた違う子がすべり込んでくる。でも、この子も同じ顔をしていた。

「おにいちゃま、いた！」

「ジェイド、元気だね」

ラピスとジェイドはダダダダと走って、アレクの太腿(ふともも)にしがみつく。

「おにいちゃま、ずっとおるす！　ラピス、ずっとまってたの！」

「それは失礼。ラピス。ジェイド、お客さまだよ。ご挨拶して」

二人は晶水にハッと気づき、長い裾を持ち上げて挨拶してくれる。

「ようこそ、いらっちゃいませ。ラピス、です」

「ジェイドです」

「こんにちは。晶水です」

小さな子たちに挨拶されて、思わず姿勢を正す。

（ベリルもいるから三つ子だね。うわー、可愛い）

しかし余裕はそこまでだった。またしても、とてとて走る音が聞こえたからだ。

「おにいちゃまぁ！」

「パール、静かにしなさい。お客さまだよ」

注意されて、パールは頬を赤くする。可愛いけれど、問題はそこではない。

（また同じ顔。四つ子か。うちも双子率が高いけど、ここのお宅は上を行くなぁ）

感心していると、さらにまた、とてとて走る足音がする。

（……まさかね）

そう考えた晶水を嘲笑うように、さらなる子供が飛び込んでくる。

「おにいちゃまぁ！」

また同じ顔が出現した。何人いるのだろう。

（ベリルを入れたら五つ子か。ゴージャス！）

「ルチル、きみもお客さまにご挨拶なさい。無作法は許さないよ」

窘められたレディは、晶水に気づいたようだ。こちらも慌てて挨拶をしてくれる。

「ごめんなちゃい。おきゃくさま、いらっちゃいませ」

ルチルちゃんも服の裾を持ち上げて、可愛くお辞儀をしてみせる。お人形みたいな愛らしさだ。いや、この子もみんなと同じ顔だけど。

コトリと音がするので振り返ると、扉の隙間からさらに同じ顔が覗き込んでいる。

（ベリル！）

思わず緊張が走る。それは向こうも同じようで、絶対に部屋の中に入ってこない。晶水を警戒しているのだ。

（印象は最悪なんだろうな……。ちっちゃい子に警戒されるなんて、悲しい）

思わずしょんぼりしたが、それでもベリルの姿をチラとみる。

法廷で着ていた服装とは違う。ほかの子たちと同じような、裾の長いチュニックみたいな服を着ていた。とても可愛らしい。

（ベリルは男の子なのに、ドレスみたいな服を着ているなぁ）

どうでもいいことを考えながら、晶水は扉に近づき、ベリルの傍らに寄り添う。でもそのとたん、幼い顔がこわばった。

（そりゃ無理ないか。法廷で寄って集(たか)って、おれが悪者だって責めたもん）

緊張しながら間合いをどう詰めようと悩んでいると、足元から声がした。

「おにいちゃま、ルチルおなかへった！」

「ラピスも！」

「パールも！」

「ジェイドも！」

ルチルの言葉が皮切りになって、ちびこたちは声を揃(そろ)える。異様なほどの同調性だ。

「おなか、ぺこぺこー！」

幼児四人の声は、なかなかパンチがある。でも可愛い。

しかし、晶水のきょうだいたちとはわけが違う。アレクは王弟であり、子供たちは王子と王女。不自由があればナニーか教育係のところへ行くものだ。

それなのに王弟の部屋に、なだれ込む不思議さよ。

しかし彼は手慣れたもので、硝子(ガラス)のポットからキャンディを取り出すと子供たちの口に次々と放り込んだ。

「あまーい」

「おいしい！」

「おにいちゃま、もっとちょうだい」

「ラピスねぇ、あかいの、すき！」

口々にキャンディの感想を囀(さえず)っている子供たちの中で、ベリルだけは違う。同じようにキャンディを口に入れてもらっても、うつむき加減で無言だ。

(おれのせい、……なんだよな)

間接的だが、小さな子を傷つけてしまった。それが切なくて、肩がガックリ落ちる。

「あ、あの、おれ料理が得意なんですが、よかったら、おやつ作りましょうか」

するっと口から出たのは、自分でも信じられない一言だ。だが、その一言に反応したのは、部屋の隅に控えている警護の男たちだった。

彼らは無言だったが、鋭い眼差しで晶水を見据えている。よからぬ輩(やから)は、今すぐにでも斬るといった目つきだ。

「あ、えぇと、作、ら、ない、です。ハイ、今の嘘(うそ)。ナシです」

(おれはバカか。毒殺の犯人って疑われているのに、料理を作れるわけがないじゃん)

慌てて口を押さえたが、幼児たちの目がキラリと光る。

「おやつ!」

「おやつ!」

「おやつ!」

「おやつ!」

ベリル以外の子供が、一斉に声を上げる。その食いつきのよさに腰が引けていると、なんとベリルまでが目を潤ませて「おやつ……」と呟いた。

その様子を呆れて見ていたアレクは、事情を説明してくれる。

「先日オイタが過ぎてしまいまして。お怒りになった子供たちの母君が、おやつ禁止をお申しつけになりました。それで全員が、甘味に飢えているのです」

一国の王の御子(みこ)らが、甘い物禁止令。ものすごく哀れみを誘った。

しかし晶水の提案を控えていた側近が聞いて、顔色を変えた。

「殿下、この者の容疑はまだ晴れておりません!」

いさめるような口調に、晶水は身体を竦める。

（……おれ、そういえば容疑者だったっけ）

しょんぼりしてしまうと、思いがけなく明るい声がした。

「晶水が犯人でない証拠に、その得意だという料理を披露してもらいましょうか」

「殿下！」

「いいじゃないか。彼が本当に料理人志望か、確認するいい機会だ」

彼は晶水の肩を抱いて歩き出す。急な接近に震えた。

（なんでドキッとするの）

これエスコートっていうより、逃げないように連行しているだけでしょう。言うなれば確保だ。

晶水の考えは的を射ていた。連行先はもちろん、厨房だった。

□□□

「じゃあ、すぐできる簡単おやつを作るね」

晶水はズルズル長いワンピースを脱いで、袖を肘までまくった。

執事のモルガナイトに頼んで借りた服は、びっくりするぐらい上等な布地と縫製だった。

シャツとズボンという普通のものだが、仕立てがよくて肌触りが最高だ。ファストファッション慣れしている現代っ子の晶水だが、母親のおかげで布地の良し悪しがわかるのだ。

「上等な服ですね。ありがとうございます」

「アレキサンドライトさまの、幼い頃のお洋服でございます」

忠実な執事ににこやかに言われた。

（えー……。幼い頃。幼い頃って、えー……）

十七歳の自分と身丈が同じだと気づき、ちょっと落ち込んだのは内緒だ。

（こんないい布を使った服を着て料理なんて、申し訳ないなぁ）

厨房では、アレクがそこのドンである料理人と交渉をしてくれた。五人のちびこたちは、厨房の大きなテーブルに着席していた。

とりあえず卵と牛乳、それと籠に入っていた果物で、フルーツグラタンを作ることにする。材料を皿に入れて、オーブンへ入れるだけの、簡単で失敗しないメニューだ。こちらの世界にも、馴染みのある調理器具があって助かった。

大きな冷蔵庫がある。もちろん、晶水が入って出られなくなったものとは、形も大きさも違う。けれど、見た瞬間ぞっとしてしまった。

まだ昼間だから明るいが、日が暮れてきたら厨房も真っ暗だ。考えただけで怖い。この時間でよかったと、安心する。

暗い場所や狭い場所には入りたくない。

確実に、冷蔵庫に閉じ込められたことが、トラウマになっていた。

(ヤなことと思い出しても仕方ないし、手を動かそうっと)

とりあえずスライスした林檎(りんご)を砂糖とバターで甘く煮て、卵の黄身と牛乳、それから砂糖で作ったカスタードをたっぷりかけてオーブンへ。

おいしそうな焦げ目がついたら完成。なんちゃってフルーツグラタンの出来上がり。

「できましたよー」

晶水の一声に子供たちが色めき立つ。しかし、これは試作品。できたからといって、すぐに食べさせるわけにはいかない。

毒見だ。

面倒くさいなーと思いながらも、熱々のグラタンをスプーンですくう。すると、パッと横から長い手が伸びてきて、スプーンを奪われた。

アレキサンドライトだ。

「作った本人が毒見しても意味がない。私がいただきましょう」

その言葉を聞いて慌てふためいたのが、当の晶水だった。

「なにを言っているんですか。王弟殿下が毒見なんて、聞いたことがありません」

「きみに死なれたら、真犯人がわからなくなる」

話をしている途中で彼は、パクっとスプーンを口に入れた。

もちろん毒なんか入っていないけど、晶水はまだ重要参考人みたいなもので、容疑は晴れていないのだ。

そんな人間が作ったものを王弟が口に入れたことで、物陰から成り行きを見守っていた見物人、もとい側近たちは騒ぎ始めた。

なんだっけ、そうそう。ムンクの叫びみたいな顔になったのだ。

「アレキサンドライトさま！」

「医者だ、誰か医者を呼べ！」

交通事故にでも遭遇したような騒ぎに、晶水は身動きできなかった。

これで彼が腹痛でも起こしたら、自分は死刑決定だからだ。

脚から力が抜けて、立っていられない。ズズズと床に座り込みそうになる。だけど傍らにいたアレク本人が身体を支えてくれた。

「きみまで、どうしました？　毒など入れていないでしょう」

「おれが毒なんか、入れるわけがない！」

「では、慌てることはありませんよね」

「……あれ？」

確かにそうだ。毒なんて入れるどころか、作業をこなすのに必死だった。

そもそも自分は、ぜったい人殺しなどしない。人を傷つけるなんて、考えたくない。

疑いを晴らさなくちゃならない。そしてなにより好きな料理で挽回(ばんかい)したい。

「じゃあ、ここにいる人たちにも、作ってくれるかな」

「え？」

「うまいものは、みんなで一緒に食べましょう」

「はい！」

すてきな提案だった。

厨房には警護人と見物人がぎゅうぎゅう詰めだ。その全員に、おやつを作れたら！

すると作業を見ていた城の料理人が、手を上げる。

「それなら手伝いましょう。坊主、ちょっとやらせてもらうぞ」

「はい！　お願いします」

さすがは料理人。説明しなくても見ていただけで、完璧に手順を覚えていた。

彼はサササッとカスタードを作り、果物をカットして皿に並べる。ソースをたっぷりかけて、上から粉砂糖をサラサラ。そしてオーブンへ。

すごい！　プロの手際はやっぱり違う。

晶水はマジマジと手順を見つめた。見ることが一番の勉強だからだ。

男の子は青い皿、女の子は赤い皿と、今どき小学生でもやらない可愛い分け方だ。

「毒見はオッケーでいいんですよね？　じゃあ、どんどん焼きますよ！」

明るい声を出して景気づけると、オーブンから出してもらった、ちびこ用のフルーツグラタンをテーブルにセットする。すぐさま、きゃあっと子供の歓声が響く。

そうそう、これこれ。こうでなくっちゃ。

子供は食べて遊んでお昼寝する生き物なんだから。

「おいしそう」

「あつあつー」

「いいにおぉい」

「おーいぃしー！」

子供たちは熱々のフルーツグラタンをふうふう言いながら頬張り、満面の笑顔。みんな大好き、カスタードと林檎の香り。

こんがり焼き目のついた、あったかいお菓子。泣く子も黙る、安定のおやつだ。

「じゃあ、おつきの皆さまのぶんは、焼き上がったらどんどんテーブルに出しますね」

（やっぱ料理って楽しい。頭がリセットされるみたい）

側近たちも恐る恐るデザートを食べて、すぐに瞠目。次には幸福そうな顔になる。これが最高に嬉しい。やったぁって感じだ。

しかし嬉しい反面、切ない気持ちにもなる。彼らにとって自分は容疑者なんだ。

（早く元の世界に戻れますように）

その時、服が引っ張られる。目を上げると、ちびこの一人が晶水の服を摑んでいる。この子は確か、パールちゃんだ。

「はい、どうしたの？　お姫さま」

しゃがんで顔を覗き込むと、パールちゃんはモジモジしながら、こう言った。

「あのね、……だっこぉ」

ストレートな要求が来た。さすが幼児だ。パールちゃんの要求をよく聞くと、抱っこというより、晶水の膝に座りたいらしい。

「パール、無作法だよ」

窘めるアレクの声にお姫さまはキュウッとなった。思わず笑ってしまったのは、我が家の傍若無人なちびこがよみがえったからだ。

（あららら。天河と天青だと、笑いながら逃げる場面だよ。女の子って、おしゃまだけど、やっぱり可愛いなぁ）

「いいですよ。弟で慣れているから。パールちゃん、おいで」

抱っこしてから腰かける。人間椅子の、いっちょ上がり。お姫さまはご機嫌だ。きゃっきゃと嬉しそうな子供の身体が、落ちないように支えてやる。

「すみません、重いでしょう」

アレクが、申し訳なさそうな声を出す。

「いいえ。弟たちで慣れているから。それに女の子は軽いですよ」

「そうですかね」

「男子はやっぱり筋肉がありますね。女の子は、ふわふわしています。可愛いなぁ」

「そう言ってくださると、気が楽になります。実はこの子たちの母親は隣国の王室出身ですが、今は実家に戻っていて……」

「体調でも崩したとか？」

「いえ、五人の子供がいることに、耐えられなかったようです」

そう言われて、なんとなくわかる気がした。

子供はとにかくパワーがある。圧が高い。しかも二十四時間、年中無休でフル稼働だ。いくらナニーがついていても、そのテンションに大人がつき合うのはキツイ。

しかも子供が求めているのは、ナニーではない。自分のお母さんなのだ。精力をもぎ取られるぐらい、疲れ果てるのだ。

「子供はパワーありますからねぇ。王妃さま、早く落ち着けばいいけど」

そう言うとアレクは意外そうな顔をした。

「……なぜ、そんなふうに言ってくれるのですか。子供たちは兄の子。王妃は兄の妻。きみにとっては、憎い相手でしょう」

そう言われて、キョトンとしてしまった。

「お兄さんは早とちりの上、あわてんぼうだなって思います。でも、憎くはないです。王妃さまとか、ちびこたちはもっと関係ないですよ」

「あなた死刑宣告をされた人間ですよ？」

ものすごく驚いた顔をされたので、こっちのほうが驚いた。

「死刑は取り消してほしいけど、憎くはありません」

「きみは聖人ですか。いや、――天使だ」

「聖人も天使も、どっちも真っ平です。まぁ、お兄さんは苛々しすぎてましたから、カルシウム摂ったほうがいいですよ」

「カルシ、ウム？」

「こっちの世界で、なんて言うのかな。牛乳とか魚の骨とかです」

「兄は、……一国の王だから、魚の骨はどうかな」

「そうか。王さまに魚の骨はナシですよね。すみません」

「いや、そうか。魚の骨か」

ものすごくビックリしていたので、さすがに非常識な発言だったと反省する。

話をしているうちに、だんだん和やかになってくる。笑い声が交じる二人の会話に、周囲は興味津々だった。容疑者と王弟の談笑なんて、普通はありえない。

ちびこたちもアレクと晶水の膝にまとわりついている。実に和やかだ。

(あいつら、どうしているかな)

異世界に飛ばされて、拘留されて裁判にかけられたり、そのあと二日も気絶したり。

こうして子供に触れていると、どうしても思い出す。

(帰りたいなぁ)

パールちゃんは、べらぼうに可愛い。でも我が家のちびこも、めちゃくちゃ可愛い。

早く元の世界に戻りたい。

そして思う存分ちびこたちを、ぐりぐりしたい。

それから天河と天青のイカ腹に顔を埋めながら、一緒に眠りたい。

思っても仕方がないことを、また考える。

自分の今後のことも、わからないのに。

(今後？　――――あれ？　おれって今後、どうなるんでしょうか)

容疑者という不安定な立場から一転して、無罪放免になったら。……なったら、どうすればいいのだろうか。

お金もないし、住むところもない。この国では変な異世界人。

無罪が証明されても、不安定なことには、なんら変わりがないのだ。

頭に浮かぶのは、不安なことばかりだ。だって今はこうして作ったデザートをみんなが食べてくれるけど、明日からまた容疑者として、監視付きの毎日だからだ。

「黙り込んでしまって、どうしましたか」

いつの間にか目の前に座っていたアレクに、見つめられていた。

「いえ。料理ができて楽しかったけど、明日からまた容疑者だなって思ったら、落ち込んじゃって。でも、もしかしたら、無罪になるかもしれないし」

「そうですね。無罪になるよう、頑張りましょう」

優しい励ましの言葉に、晶水の口元に笑みが浮かぶ。

だがそれは、空虚な表情だった。死刑なんて、もちろん真っ平だ。でも。

でも無罪になったら。そうしたら自分は、どうしたらいいのだろう。

「無罪になったら、……おれはこれから、どうなるのかなと考えます」

取りとめなく話をしていると、気持ちはどんどん落ち込んでいく。

「今は兄も頭に血が上っているが、話して納得すれば国外追放ぐらいでしょうか」

そう言われて、地面にめり込みそうになる。

(国外追放。ジェムキングダムの国外ってどこ？　一円も持たず、何も知らない場所に放り出されるなんて。そりゃ、あんまりだ)

もう死ねと言われたのも同じ気がした。王の疑いが晴れなければ死。晴れても死だ。

右も左もわからない場所で、さらに追いやられて野垂れ死にで終了。

（漫画や小説で異世界が流行っているって、藍と碧が言っていたけど。その異世界の主人公ってのは、皆さんどうやって生き延びたんだろうなぁ）

こんなわけのわからない世界でどうやって生き延びろというのだ。

（どっちに転んでも四面楚歌。どうしたらいいいんだろう）

正直、考えただけで息がつまりそう。

「……なるほど」

突然の言葉に首を傾げると、アレクはとつぜん大きな声を上げた。

「本日から、この者を私の使用人とする」

「はぁ？」

晶水の間の抜けた声とは真逆に、その場にいた全員が固まり、驚愕に凍りつく。

王子に害をなそうとした容疑がかけられている晶水を、なぜ使用人にするのかと不信感があふれている。

アレクの傍らにいた、がっしりした青年が冷静な声で「殿下、お気を確かに」と囁く。

「失敬だなローダミン。私はいたって正気だ」

「警備隊の長を務める身ですゆえ、どうぞご冷静にと申し上げたい」

憮然とした表情のアレクに、周囲の人間は複雑な表情だ。傍らにいた大臣もありえないと言うが、王弟は聞いちゃいない。

「この者には簡単な料理と図書室の整理を命ずる」

ローダミンと呼ばれた男は、鋭い目で晶水を睨みつける。

容疑者を死刑にしようとする国王と同じ敷地にその容疑者が住むなど、前代未聞だろう。

「アレク、いろいろ突拍子もなさすぎて、みんなが呆然自失です。無茶ですよ」

晶水が止めに入ると、彼は意外そうな表情を浮かべた。

「きみの安全を守りたいからです」

「え……」

「私の屋敷で保護し、その代償として働いていただく。きみの性格からすると、働くほうが性に合っているのでしょう」

確かに賓客扱いなんてガラじゃないし、他人に頼むより、自分で動いたほうが早い。

アレクが自分を雇ってくれるなんて、まさに渡りに舟だった。

「アレクの言う通り、お客さま待遇より、使用人のほうがいいです。料理人の見習いとして雇ってください。ここにいたいです！」

必死の思いでそう言うと、彼はニコッと笑った。

「では、決まりですね」

そう言ってくれたが、やはりまだ納得できない人物が控えていた。ローダミンだ。

「お言葉ですが、料理人の仕事はできません」

その容赦ない言葉に、晶水は崩れ落ちそうになる。

「……そんなぁ」

一番の得意分野を拒否されるのは、なかなかショックだ。思わず泣き声が出てしまう。

だがローダミンは容赦なく、抉るように続ける。

「嫌疑が晴れない限り彼は容疑者です。使用人たちは、犯人かもしれない人間の一挙手一投足を監視し、その上、料理の手元を見張ることになれば、疲れ果てるでしょう。要するに、はなはだ迷惑でしかない」

確かに彼の言う通りだった。いつ毒を仕込むかもしれない奴が厨房にいるストレス。それは想像を絶する。

「じゃ、じゃあ、図書室の整理っていうのをやります」

「国家試験を経て資格を持つ三人の司書たちが、常勤しています。外国語に精通しているとか、特別な特技があれば話は別ですが」

資格なし。外国語わからず。特殊な特技もありません。

(日本語ならわかるけど、古典の成績めっちゃくちゃ悪いし、教養なんかないし)

なんだかお先が真っ暗すぎて、言葉が出ない。

(今さらながら、おれって役立たずなんだなぁ)

実家では、それなりに戦力になっていた。弟たちの面倒もよく見たし、料理や洗濯や掃除も、普通よりもたくさんしていると思う。でも)

――――でも、自分程度に動ける人は、星の数だけいる。自分が働けると思っていたのは、ただの思い上がりだったのかもしれない。

(でも料理以外で、おれにできる仕事っていったら……)

そこまで考えて、天啓が閃(ひらめ)いた。

「アレク、おれにできる仕事がありました!」

「はい?」

「子供たちの毒見役にしてください!」

フルーツグラタンのおかげで、ちょっと和やかになった場の空気が、一気に固まる。その痛い空気をかきわけて、必死の思いで言った。

「飛躍しすぎです。なぜ毒見役になりたいなどと?」

そう言われて、ノープランの思いつきだとは言い出せなくなった。なんとか、もっともらしい理由を捻(ひね)り出そうとするが、うまくいかない。

「お、おれは、アレクと離れたくない」

ほかになんと言っていいのかわからず、パッと口から出たのが、この台詞。

(いや。おれ何を言ってんの?)

頭をかかえたくなるような気持ちでアレクを見ると、意外や彼は真剣な顔をしていた。そして困ったように晶水を見つめてくる。

「――これはまた、情熱的ですね」

「は？」

切り返された言葉の意味がわからず、ボケた返事をした。しかし、すぐに思い至り、慌てて首を横に振る。

「ちがう違うちがう！　そういうことじゃなくて」

両手をブンブン振って否定すると、彼は口元だけ微笑んだ。

「冗談です」

「……あ、そうですねハイ」

なんだか疲れた。ガックリ肩を落としていると、ふいにローダミンに顔を覗き込まれる。

「なぜ、そこまでして、この屋敷に留まろうとする」

彼は射貫くような眼差しで、晶水を見据えている。

「この者は、本当の暗殺者かもしれません」

彼はそう言ったけれど、晶水はなんだか冷めた気持ちになってくる。

（だからもう、こう決めつけられると、本当に苛々する）

晶水は子供に害を及ぼすなんて、考えもつかなかった。小さな弟は可愛がるもの。守るもの。面倒を見るもの。躾けるもの。それぐらいの認識だ。

それを傷つけようとする人間に見られているのが、腹立たしい。

「どうして、おれを犯人にしたがるのか、わかりません」

「きみぐらい怪しい人間は、いないからだ」

口答えすると、ローダミンはさらにキツイことを言う。

負けたくない。勝ち負けの問題じゃないけど、絶対に負けたくないと思った。

「百回でも言います！　おれは、子供を殺さないっ。子供だけじゃない。大人も犬も猫も殺さない。そりゃ、牛と豚と鶏肉は食べるけど。でも、うちの家計じゃ鶏肉が精いっぱいだし。いや、ともかく。おれは絶対に人殺しなんかしない！　絶対に！」

睨みつけるローダミンに腰が引けそうになるが、なんとか踏み留まった。

「ローダミン。彼は私の客だと言わなかったか？」

アレクが彼と晶水との間を塞ぐようにして立った。

彼の整いすぎた美貌が、人形みたいに見える。感情がなくなったみたいな顔だった。

「殿下！」

「逆らうか。ローダミン」

「いいえ、殿下。いいえ、……いいえ……っ」

「では下がれ。そして私の客人に詫び、二度と無礼な行いはしないと誓え」

やばいと晶水は感じた。

ビリビリする緊張感だ。ローダミンは大切な主人に叱られて、ものすごく傷ついている し、晶水が憎くて仕方ない状況だろう。

一触即発だと肌で感じる。しかし。

「マサミちゃーん！　りんご、おかわりー！」

場の空気をまるで読まない幼児の声が、緊張をブッ切りにした。

そこにいた大人全員が、ハァ？　と思ったことだろう。しかし、ルチルが朗らかな声で 言った。

「マサミちゃん、これ、おいしー！　もっと、たべたい！」

「ジェイドも！」

「ラピスも！」

「パールの！　いっぱいね。パールだけ、いっぱいね！」

(この自分だけいっぱいねって、天河も言っていたなぁ。末っ子は、これだから……)

この甘ったれのダメさ加減が、可愛くて仕方がないのだ。

(お兄さんはあのカーネリアンだし、甥っ子と姪っ子は小さいし。そこにおれが頼ってき て、臣下は怒っているし。なんかアレクって気苦労が多いだろうな)

ちびこたちはデザートで盛り上がり、蜂の巣をつついたみたいな騒ぎだ。アレクは王弟なのに、この子供地獄の真っただ中にいるのだ。さすがに気の毒になってくる。

(それにさっきも、助けてくれた。すっごくいい人だよね!)

この頼りない身の上で、こんなに庇ってもらえると、親愛の情が湧いてくる。

(アレクは信用できる。あと子供たちもそうだ。うん、おれ一人じゃないね!)

泣きそうになったが手の甲で目元を拭うと、パンパンと手を鳴らす。

「おかわりは、すぐできるよ! あれ? ベリルはどうしたの? ぜんぜん食べてないね。……なんか顔が赤くない?」

見ればデザートには、一口しか手をつけていない。だけど頬っぺたが真っ赤だった。

(ちょっとちょっと、ちょっと待ってくださいよー)

晶水は大慌てでベリルの頬を両手で挟んで、顔を覗き込む。真っ白な肌には、小さなプツプツが浮かんでいるではないか。

(天河と天青のアレルギーと同じ反応だ。間違いない。これは)

ベリルの小さな頬に浮かぶ、ピンクのプップツには見覚えがあった。

「貴様、この期に及んでベリルさまのお食事に毒を入れたか!」

殺されそうな勢いに身を竦めた。すると「ばかやろうっ!」と怒鳴る声がした。

え? と思って声の方向を見ると、料理長が立ち上がってローダミンを睨んでいる。

「ぼっちゃまの皿のものは、おれが作った。こっちの子は手も触れちゃいねぇよ。てめえ、おれが毒を入れたとでも言うのか。ふざけるな！」

「では調理のあと、配膳の時に入れたんだ」

その言葉に別方向から「違うわ！」と女性の声がした。メイド服を着ている。

「あたし、ずっと見てました！　彼は配膳する時、何もしていなかった。見惚れるぐらい綺麗に手際よく、お皿を並べていました。いい加減なこと、言わないで！」

顔も名前も知らないメイドさんが、大きな声で言ってくれる。その隣にいた使用人のおじいさんも、そうだそうだと頷いていた。

「私も見ていた。この子は一生懸命働いていた。疚（やま）しいところなんかない」

庇われた晶水は、感極まって瞳を潤ませていたが、反対にローダミンは苛立ったのか、憎悪の瞳で、周囲を睨む。

「ではベリルさまが苦しんでおられる理由はなんだ！　こいつがいる時に限って、具合が悪くなっているじゃないか」

「それはお前の勝手な推測にすぎないだろう。ローダミン」

大きな影が晶水を庇うように、立ち塞がった。

アレク。

掴みかかろうとした青年は主人の出現に、とたんに硬直してしまった。

ドキドキする。みんなが庇ってくれることが、ものすごく嬉しい。

（こんなふうに言ってくれて嬉しい。う、嬉しいけど、泣いている場合じゃない！）

アレクの背中に守られた格好だったが、大きな声を出す。

「ベリルはアレルギーだよ！　誰かすぐに医者を呼んでください。食物アレルギー反応を起こして、発疹（ほっしん）が出ていますと伝えて！」

# 5

「ベリルさまの処置は終わりました。ご心配には及びません」

処置を終えた医師がそう言うと、急を聞いて駆けつけてきた父、カーネリアンは安堵（あんど）の表情を浮かべた。

「では原因は毒物でなく、本当に食物というのか」

父王が問いかけると医師は頷いた。異質なものに反応して、湿疹が起こっているとの診断が下された。

運よく一口しか食べてなかったから、症状も軽かったそうだ。

「何が原因かは、これからの検査で調べていきます。ただ我が国で、食物のアレルギーというものは症例がありません。ですから原因解明まで、時間がかかるでしょう」

ジェムキングダムの世界では、アレルギーの概念はあっても、アレルゲンが食物であるという事例がないのだ。

それだけに具合が悪くなったり、とつぜん死に至ったとしても、原因がまさか食物とは考えられていなかったかもしれない。

日本でも五十年ぐらい前まで、食物アレルギーという意識がなかったと聞いたことがある。当たり前の概念が昔はなかった。

今では信じられないが、アレルギーゆえに給食を食べなかった児童が、単なる好き嫌いだと見なされて食べることを強要され、死に至ったケースを晶水も何かで読んだ。

ここジェムキングダムも同じ。食物アレルギーの知識がない。だから異変が起こると、毒物ではないかと飛躍する。晶水はその被害者だった。

「倒れた当日に食べたものと、先ほど食べたものを比べてみれば、原因も摑みやすい」

そして、この一連の騒ぎでナニーのシトリンは、偽りの証言をしたと見なされていた。彼女は別室で詳しく事情を訊かれているが、黙秘を貫いているらしい。

「あの、ぼくもシトリンさんに訊きたいことがあるんですけど……」

遠慮がちにそう言うと、隣にいたアレクが、一緒に行こうと言ってくれた。部屋を出ようとすると、「待て」と鋭い声がする。

カーネリアンがものすごい形相で、自分を睨みつけているのが目に入った。

(わーん。嫌疑は晴れたんじゃないの？)

もしかすると、どうしても晶水を犯人にしたいのかもしれない。理由は、自分が異世界から来た怪しい人間だからだ。

犯人は、わかりやすい人間のほうがいい。また難癖をつけられるかもと警戒する晶水の前に、すっと大きな体軀が立ち塞がる。

アレクだ。

先ほどローダミンに責められている時から、ずっと楯になるようにして、晶水を守ってくれている。法廷でも、そうだった。

全員が晶水を犯人と思い込み責めたてていたのに、彼だけは違った。

彼だけは、こうやって守ってくれたのだ。

鳥肌が立つみたいな感動が襲ってきて、思わず落涙しそうになる。

(や、やば。もう泣きそう)

涙もろい性分ではなかったのに、異世界に飛ばされてから気弱になっている。どうしてか、涙が止まらないのだ。

大きな背中に守られていると、それだけで勇気づけられる。さっき庇ってくれたメイドや使用人たちの、心強い言葉も晶水を強くさせた。

「兄上、お話でしたら私が……」

「アレク、待って」

晶水はそっと彼の肩を押して、自分が前に出ようとする。

(ルチルちゃんやパールちゃん、ラピスちゃんは女の子だから、守ってあげるのは男の役目、年長者の務め。おれは男だから踏ん張らないと)

内心は震えている。相手は一国の王。迫力が違う。

でも守ってもらうばかりじゃダメだ。

「待ってください。まず事の経緯を私が説明しましょう」

晶水を庇おうとするアレクに、カーネリアンは低く言った。

「下がっていろ、アレキサンドライト」

有無を言わさぬ口調で言い捨てると、カーネリアンは晶水へと近づいた。そのとたん、緊張で身体が硬くなる。

（うわー、踏ん張るつもりだったけど、やっぱ王さま圧がスゴすぎる。ヤバい）

目の前に立ち塞がられて、逃げたくて仕方がなかった。

殴られるのだろうか。理由は騒乱罪とかなんとかで。しかし想像に反してカーネリアンは、とつぜん床に跪（ひざまず）いた。王さまなのに。

（え？）

ギョッとする晶水をしり目に、王は頭（こうべ）を垂れたのだ。

（え？　え？　えぇぇぇ⁉）

信じられない光景だった。

晶水はもちろん、アレクも、周りにいた家臣たちも、全員が言葉を失っていた。

「すまなかった」

水を打ったような静けさの中で、口を開いたのはカーネリアンだ。

「我が子が傷つき、我を失った。なんの咎もないあなたを捕らえ裁判にかけ、喩えようもない辱めを与えてしまったこと、許してほしい」

一国の王であり、初対面から猛々しい面しか見せなかった男が、自分に頭を下げる姿は、晶水から言葉を奪う。

（怖い人だと思っていたけど、本当はいい人だ）

張り詰めていた気がゆるみ、思わずまた泣きそうになる。しかし、ここが我慢のしどころと思い、ぐっと耐えた。

晶水もカーネリアンにならって膝をついた。

「誤解が解けて、よかったです」

と言った。カーネリアンは晶水の手を取り、握手してくる。

「違う世界から来たと言っていたが、私はあなたを保護し、守ることを誓おう」

カーネリアンはそう言うと、微笑んでみせる。

別人のような姿を晶水本人と周囲は呆然と見つめていた。

「い、いいえ。お気遣いなく。あ、そうだ。シトリンさんと話を……」

彼女と話して、嘘の理由と真相を知りたかった。

どうして見ず知らずの自分を、犯人に仕立て上げたかったのだろう。それの意味が知りたいと思った。

（なんか大雑把すぎるんだよ。おれのことなんか知らないのに、犯人にしようとか）

それが知りたいので、話をさせてもらうことにした。

別室にいた彼女は以前より疲弊していて、そして悲しそうだった。

「疲れているところ、すみません。少しだけ話を聞かせてもらえますか」

そう言って椅子に座るシトリンの、テーブル越しの席に座る。一緒に部屋に入ったアレクは座らず、部屋の隅に立っている。

「まず、最初にベリルが倒れた時どんな症状が出ていたか外野からではなく、あなたの口から聞きたかったんです。覚えていますか」

「あ、あの時は慌てていて。ただ、身体中に湿疹が出ていました。それと舌と喉が腫れていたから、原因はわからなかったけれど、すぐに吐かせました」

咄嗟の判断のおかげで、重症化しないで済んだ。アレルゲンの意味さえわかっていないのに、よく吐かせてくれたと、拝みたくなってくる。

「おれ、当日の記憶がないので変なことを訊くかもしれないですが、勘弁してください。えっと、まずベリルが倒れた時、おれはどこから出てきたんでしょうか」

（わー、ぶっちゃけすぎるけど、まぁいいか。本当のことだもん）

「……水を取りに行ったのは、本当です。それから部屋に戻ったら、もうあなたが倒れていて、びっくりしました」

「そうなんですか」

「あの時、部屋の前に警護がいたし、人なんか侵入できるはずがなかった。でも私にとっては、ベリルさまが具合を悪くしたことのほうが重要でした」

「重要とは？」

「前も、私の担当時間に具合が悪くなって、ナニー長から怒られて……。せっかくナニーの仕事に就けたのに、ベリルさまは具合が悪いことが多くて落ち込みました」

つまり、体調を崩しがちだから上司に責められて、彼女はつらかった。

原因不明のアレルギーを怒られても、素人にはどうすることもできないのに。

「だからあの日も、また怒られると思って憂鬱だった。そうしたら、あなたが部屋で倒れていたから、咄嗟の言い訳に使いました」

「シトリン、きみを責めているんじゃない。でも、子供は、すぐ死んじゃう生き物だから、周りが気遣わなくちゃ駄目なんです」

晶水の母親の口ぐせだ。極論だとわかっているが、つい言ってしまった。

子供は人の都合を考えないで、うるさくて、やりたい放題で、すぐ泣いて、不貞腐(ふてくさ)れて、ぜんぜん天使なんかじゃない。

それはわかる。でも。

つい忘れてしまうけれど、自分だって子供の時は、傍若無人な生き物だったのだ。

ベリルの具合が悪くなった時、彼女も怖かっただろうし、心配もしただろう。でも、いちばん怖かったのは、ベリル本人だ。

そう言いたかったけれど、口には出せなかった。

――恐ろしかったのは、シトリンも同じ。

王の子が具合悪くなると、責任と重圧がのしかかってくる。

下手をすれば馘（くび）かもしれないし、今後の生活をどうしようとか、不安も過ぎったのかもしれない。

だから彼女は、何も言えなかったのだろうか。

「おれ、へこたれてばっかりです。駄目なところが多くて、嫌になるけど」

そう言うと彼女は涙に濡（ぬ）れた顔を上げた。

大声で泣くんじゃなくて、静かに落涙する。その姿は、心を打つ。

「けど、……強くありたいと思います」

それしか言えなかったし、それ以上のことは言ってはいけない気がする。

晶水の言葉を聞いてどう思ったのか、シトリンは両方の目から涙を零した。

「……今日はここまでにしましょうか」

これ以上は、たぶん話を聞くのは難しいだろう。自分がどうやってこの国に、しかも王子さまの部屋に飛ばされたのか、少しでも話を聞きたかったけれど。

晶水は彼女に向かってペコリと頭を下げ、部屋を出ることにした。

そばで話を聞いていたアレクは終止、無言だった。

「少し外を歩きませんか」

彼はそう声をかけると、晶水の肩にそっと手を添えた。その掌の温かさが服を通して、じんわりと沁みてくるみたいだ。

アレクは黙ってテラスへ続く窓を開けると、晶水を誘った。

しばらくすると、落ち着いてきた。顔を上げると、そこには穏やかな表情を浮かべた彼がいてくれた。

「よく堪えましたね」

「え……」

「彼女に言いたいことは、山ほどあったでしょう。でもきみは堪えて、彼女を思いやった。なかなかできることじゃない。立派でした」

「違います。おれ、シトリンも怖かったんだろうなって思ったら、責める気が失せちゃっただけで……。別に立派とかではないです」

優しい言葉にグッとくる。でも、すでにさんざん泣いていたから、これ以上の涙はさすがに女々しすぎると思って、我慢することにした。

（おれ、この国に来て堪えてばっかだよね。これも育児で培った忍耐力かな）

そんなふうに思いながら、心の奥底では引っかかっている自分がいた。喩えて言うなら、魚の小骨が喉に引っかかった時に似ている。

恵まれている。自分は恵まれている。そう思い込もうとしているのに。

でもなぁ。

なんか――疲れちゃった。

どこにいても何をしていても、ジェムキングダムで自分は異邦人だ。

（王さまが謝罪してくれたし、子供たちはマサミちゃん呼びだし、メイドさんとか使用人のおじいさんとか庇ってくれるし。悪いことばかりじゃない）

本当なら感謝しなくてはいけない。それなのに、納得いかなくてグズグズ悩んでいる自分が嫌だと思った。

「あのー……」

「どうしました？」

晶水がアレクを見上げると、彼は慈しむ優しい目をしていた。

いいなぁ。

見ず知らずの人間が困っていたら、自分の兄に逆らっても、手を差しのべてくれる人。

そうかと思えば甥っ子や姪っ子から、めちゃくちゃ慕われていて、部屋にはキャンディポットを用意する人。

綺麗で優しくて、強くて懐が深い。

こんな人に、自分もなりたいな。

そう唐突に思ってしまうのは、疲れているせいだろうか。

くたびれたから、頼りたい気持ちになっているのだ。だからつい、口から変な言葉がすべり落ちた。

「あの、ちょっとだけ、抱きついてもいいですか」

「抱きつく？」

驚いたように目を見開かれて、自分でも唐突すぎて腰が引ける。

（わー！　わー！　わー！　何を言ってるの！　いや怖い、自分が怖い！）

言ってしまったとたんにパニックになった。

晶水の人生の中では一度たりとも、他人に抱きつきたいと思ったことはない。運動部で優勝したとか、特別なことがない限りない。

今は気弱になっていて、突拍子もないことを口走っているのだ。慌てて言い訳を探し、なんとか取り繕おうとしてみる。

「変なこと言って、すみません。なんかモヤモヤしちゃって、自分の考えが整理できないんです。でも、アレクに触れていたら、安心できる気がして」

彼は、いきなり無言になってしまった。

「あ、また変なことを言ってますよね。駄目ならいいです」

「私に触れると、安心する？」

「えーと。……はい、します」

言い方が変かなと思い、言い直した。

「安心するって変ですよね、ごめんなさい」

自分で言っておいて恥ずかしくなって、なぜか謝った。

前も『おれは、アレクと離れたくない』とか、勢いに任せて口走った。

あの時、彼は困った顔をした。そして。

『――――これはまた、情熱的ですね』

……とだけ言った。でも絶対に戸惑っていただろう。

もう顔も見られなくて、眼下に広がる宝石の木々を見つめた。

いや、見つめるふりをした。そうしていないと、泣きそうだったからだ。

柔らかい風が頬に触れる。そう思った瞬間。

力強い腕に、晶水は抱きしめられていた。

「アレク……」

「苦しかったでしょう」

耳元で囁かれたのは、先ほどと同じ不意打ちの労(いたわ)りだった。

（これ、前にもやられて泣いちゃったヤツだ！　うわぁ、だめだめ泣くから駄目！）

心中では聞かないように、ジタバタしていた。彼のこの声を聞くと、泣いてしまうからだ。でもその反面、ずっと聞いていたい気持ちになる。

遠い日に聞いた、子守歌みたいに。

「アレク、あの……」

「親やきょうだいから引き離されて、見知らぬ国に飛ばされるなど、あってはならない。きみを絶対に、もとの世界に戻してやりたい」

その言葉を聞いたとたん、涙の蛇口が崩壊した。いや蛇口ではない。

ダム決壊だ。

「だ……っ、お、おれ、そんなこと、言われると、……言われると……っ」

嗚咽まじりに絞り出した、しょうもない言葉は意味がわからないものだった。

（どうして泣くんだ。おれ、この世界に来てから涙腺おかしいよ）

頭では冷静に考えられるのに、涙は止まりようがない。晶水は子供みたいな声で、わんわん泣いてしまった。

それでも彼は、優しく抱きしめてくれた。その腕の力強さと、服を通して伝わる身体の温かさに、涙は濁流のようになってしまった。

終わりがないと思った涙も、しばらくすると止まってくる。そうすると理性も戻るので、居たたまれなさは天井知らずだ。

額に温かいものを感じて目を開けると、彼が額にキスをしている。

普段の晶水ならば腰を抜かすところだが、ずっと抱きついていたし、強く抱擁されていたので、今さらなぁと思って黙って受け止める。

(気恥ずかしいけど、キスって、……キスって気持ちいい)

男女のそれだと走り回りたいぐらい恥ずかしいが、このキスは年長者が小さい子にする、慈しみのくちづけだと思った。

(なんかもう、おれって子供より幼く見られている気がする……)

だって普通の男同士だったら、こんなに甘やかされるはずがない。

こんなふうに抱きしめられて、何度も髪や額や頬にキスされて、優しい言葉をかけてくれるはずがない。

でも、この世界に飛ばされて初めて、心の底から息をした気がした。

# 6

晶水とアレクが訪れた数日後から、シトリンが証言を始めたと報告が来た。

報告を受けたのは、晶水がアレクと、まだ安静にしているベリル以外の四人のちびことおしゃべりを楽しんでいる時だった。

シトリンが水を取りに行って戻ると、晶水は倒れた姿で、とつぜん現れた。でもその時すでにベリル王子は倒れていた。

王子が倒れて怖くなったので、全て晶水に罪をなすりつけようとしたと。

晶水は現れた時から意識を失っていて、一度も目を覚まさなかったこと。

シトリンは若い娘たちが憧れる城仕えに抜擢(ばってき)され、有頂天だった。だが入ってみると妃(きさき)に仕えることを希望していたのに叶(かな)わず、王子の世話を命じられた。

ほかのナニーは出産経験がある女性ばかりで、若く子供がいないシトリンは、浮いた存在だった。そしておとなしいシトリンは、人手が足りなくなると、すぐに担当以外の王子や姫君の面倒も見る羽目になっていたという。

ほかの人より働いているのに、評価されないし責任だけは重くなって疲れ果てたのだ。

これは砂を噛むのに似た思いだろう。

心身ともにすり減っているのに、誰も認めてくれないのは悲しい。

シトリンが真実を話してくれたことは嬉しかったが彼女がこれからどうなるのか、重く心にのしかかる。

するとと隣に座っていたアレクが「では、こうしましょう」と言った。

「シトリンはこれから一ヶ月の間、孤児院で無料奉仕をする」

「え……っ」

思わず驚いた声が出た。

「無料奉仕が滞りなく終わったら、そのまま孤児院に勤める。……というのは、兄上からのご提案です。もちろん彼女の気持ち次第ですけどね」

「王が、そんなことまで……っ」

それはあまりにも思いがけない采配だった。

「兄上はああ見えて、他人の気持ちを思いやる人ですよ。ただ度を越した子供愛にあふれているから、法廷ではあんな態度をとってしまったけれどね」

城仕えは若い娘の憧れの仕事。そこを追われて孤児院に勤めるのは、屈辱かもしれない。

それでも、仕事にあぶれないことが大事だ。

もしかすると孤児院の仕事に、何か違うやり甲斐を見つけるかもしれない。

彼は書面を認めると、それを使用人に渡した。王の配慮を受け入れるよう勧めるシトリンへの手紙だという。

「ありがとうございます」

晶水の言葉に、彼は不思議そうな顔をした。

「なぜ、きみが礼を言うの？　被害者なのに」

確かに晶水は被害者だ。シトリンがその場しのぎの供述などしなければ、投獄されることも法廷に担ぎ出されることもなかった。

死刑になる寸前だったのだ。その元凶の行く末を案じている場合ではない。

それでも、誰かが不幸になっていいなんて、思えない。

誰にも苦しい思いをしてほしくない。

「そういえば、シトリンから伝言がありました。『スコーンをご馳走さまでした』だそうです。なんの話ですか」

そう訊かれて、思い出した。差し入れだ。

「面会の時、おれが焼いたスコーンを持っていったんです。食べ物だから検査で引っかかって時間がかかったけど、ちゃんと手元に届いたみたいですね」

「そんなことをしていたんですか。いつの間に作っていたんです？」

「ちびちゃんたちの、おやつを作った時に。オーブンがあったまっていたから」

「驚いた。きみは面白い人だ」

「あはは。おれの国には、『腹が減っては戦ができぬ』っていうのがあるんです。人間も動物も、食わなくちゃ力も出ないでしょ？」

「……それで、証言する気になったのですね」

「それは大げさだけど、腹の足しになってよかったです」

あっけらかんと言う晶水に、アレクは肩を竦めた。

「まいったな……」

「え？」

「いえ、なんでもありません。しかしベリルは、こんなに悪くなる前に、なぜ不調を教えなかったのだろう」

彼のもっともな疑問に、晶水は思い当たることがあった。

自分の小さな弟たちのことだ。

あの子たちも痒(かゆ)いとか熱があるのを、ずっと押し隠していて、結構重くなってから、初めて病院に連れていった。そうしたらアレルギーと診断されたのだ。

『どうして、かゆかゆのことを黙っていたの？』

ちびこと視線を合わせながら訊いてみると、理由は単純だった。それは。

『かゆかゆってゆうとね、まま、しょぼんするの』

（ああ、そうだった）

身体の不調を訴えると、母親が心配で気落ちすると四歳児は言った。晶水も、これは思い当たることがあったので、すぐに理解する。

母は結構な美人だが豪快な気質で、どんぶり勘定が持ち味の、大雑把な人だ。

でも、何より苦手なのが、子供の病気だった。

怪我(けが)なら、よほどの重傷でない限り笑い飛ばしていたが、病をとても怖がっていた。

そのせいか長男と次男と三男と、長女と次女と三女と四女は、病気になるなとお互いに叱咤し合うぐらいだった。

要するに海神家の九人っ子は、母親を悲しませたくないのだ。

そんな母親を持つ三男の晶水は、ベリルの気持ちが痛いほどわかる。

「自分が苦しいより、ママや周りの人を困らせたくないんですよ」

ベリルはシトリンが困り顔なるのが怖くて、重症化したかもしれない。

「きみは不思議な人ですね」

「不思議？」

「だって三歳の子供が考えることを、あっさり解読するのですから」

「不思議じゃないですよ。おれも子供だったから、わかるだけです」

そう言うと彼は晶水の額にキスをした。

それを見た四人のちびこたちが、我も我もとのしかかってくる。

「もー！　なんなのキミたちは！」

たまらず晶水が抗議すると、ちびこたちは目をきらきら輝かせている。

「え？　みんな、どうしたの？」

戸惑う晶水に四人は一斉に叫ぶ。

「けっこん！」

「……はい？」

「マサミちゃんと、おにいちゃま、けっこん！」

「けっこん！　やったぁ！」

「やったぁ！」

「おにいちゃまの、およめちゃま！　マサミちゃん、やったぁ！」

——なんですと？

きゃわきゃわ騒ぐ、ちびこたち。それを聞いて呆然となった。

「なんで言うに事欠いて結婚なの！　あのね、男同士は結婚できないからね！」

「できるもん！」

ルチルに言い返されて、晶水は反射的に叫んだ。

「できないもん！」

子供と同レベルで言い合う晶水に、冷静な声がかけられる。アレクだ。

「ジェムキングダムでは結婚は同性でも問題ありません」

「えええええっ！」

今度こそ、晶水は口をぽかんと開けた。デタラメすぎる。ジェムキングダムってなんなの。

「なんですか、その法律は」

「人が人を愛するのですから、性別は関係ないでしょう。私たちは等しく神の子です」

ものすごく尊い言葉に思わず納得しかけて、イヤ違うと頭を振った。

「感動的な話にしているけど、無理です。男同士で結婚して、子供はどうするの！」

「ベリル、ジェイド、パール、ルチル、ラピスと五人もいるのに、まだ必要ですか。きみは貪欲ですね。それに晶水の家もきょうだいが八人いると言っていましたよね」

「いや、そりゃ甥っ子や姪っ子じゃないですか。うちのだってきょうだいだし」

「子供がどうしても欲しいなら、自分の子に限る必要はありません。親がいなくて困窮している子供は、孤児院にいくらでもいるでしょう？」

「いや、そうですけど」

「ラピス、マサミちゃんの、こどもになるー」

「ルチルも」

「あん、パールもぉ」

おしゃま三人娘たちが口々に恐ろしいことを言った。冗談ではない。

「ムリムリムリ。おれ、王さまみたいな怖いオジサンと戦えない」

子煩悩王さまの恐ろしさは、身をもって知っている。先日やっと態度が軟化したのだから、火に油は勘弁してほしい。

（いや、そもそもそういう話じゃないでしょう）

「晶水はほかに好きな人がいるのですか」

すごく静かな声で訊かれて、ドキッとした。

どうしてこんな場で、そんな声を出すのだろう。

切なくなるような、胸をかきむしられるみたいな声を聞いて、堪らなくなる。

「す、好きな人はいません」

「では親の決めた婚約者がいるとか？」

「おれの世界では、そんなのごく一部の、すっごい上流階級の人とかしかいません。うちはドがつく庶民です。ありえません」

キッパリと言いきった。だが。

「では私にその権利をください」

「権利？　なんの権利ですか、もー」

笑い飛ばそうとすると、真剣な瞳で見つめられた。そして。

「きみに求婚する権利です」

何を言われたのか、理解できない。言葉にするなら、まっしろだ。

雪景色のような、まっしろだ。

その次に、ちびこたちの大歓声が起こった。

「やったぁ！」

「けっこん、けっこん！」

「おにいちゃまの、およめちゃま！」

「マサミちゃん、おねえちゃま？　おにいちゃま？　どっち？」

興奮し、とたとた走り回る子供たちが目の端にチラチラ映る。でも、それどころではない。進退、極まれり。

「うるさいっ。きみら、ちょっと黙りなさい。っていうかきみら、本当に結婚のこと、理解して騒いでいるの⁉」

とうとう叫びに近い声が出た。しかしアレクは少しも騒がず、晶水の手を取り、その甲にくちづける。

（びゃーーーーーっ）

倒れそうになりながら真っ赤になる晶水を、一対の眼差しが冷ややかに見つめていたことを、誰も気づかなかった。

部屋の中は明るい笑い声で満ちていて、邪(よこしま)な感情が入り込む隙さえなかったからだ。

□□□

晶水が冤罪を回避してから、毎日が順調だった。

使用人たちは皆、晶水を歓迎している。それは晶水がシトリンを思いやってくれたからだ。彼らは仲間意識が強く、そして大事な王の子供たちが懐いていることから、晶水を受け入れていた。

なにより晶水が来てから主人が楽しそうだから、使用人たちは喜んでいた。

「あ、野菜のスジ取りだ。おれうまいですよ」

メイドのシェルの隣に座り込むと山と積まれた野菜を手にして、さくさくスジ取りに熱中する。

晶水は話を聞くのが好きだった。いつも誰かしら使用人のそばにいて、しゃべっているのだ。だから異国の人間でも、その人懐っこさから誰からも可愛がられていた。

長く城に勤めているというシェルは、城内部の話をよくしてくれる。

今日も晶水と一緒に厨房の裏手で、どじょうインゲンに似た野菜のスジを取りながら、四方山(よもやま)話をしていた。

「そういえば、ちびこたちのお母さんって、お元気なんだよね」

「はい。今はお里の隣国王室でご静養中ですが、お元気でいらっしゃいます。ただお子さまたちが元気がよすぎて、繊細なお妃さまは疲れてしまわれて」

「そうだねー。初めての赤ちゃんが五つ子って、ハードすぎるね」

高貴な姫君は初産で五つ子に恵まれたが、ストレスに負けたそうだ。確かに幼児五人は、圧が高い。高すぎる。

「王はお妃さまを、こよなく愛しておられる。じきにお帰りになりますよ。晶水さまがこの城においでになってから、アレキサンドライトさまが明るくなられたと、皆が思っております」

「明るくって、前は暗かったってこと？」

昔アレクの世話係だった彼女にとっては、主人はカーネリアンでなくアレクのようだ。

「お兄さまの秘書官も務めておられますから。つねに冷静な方ですが、神経は張ってらっしゃる。お小さい頃にお母さまが亡くなられたのも、原因の気がします」

「そうなんだ」

「ええ。葬儀の時にはまだ小さくて、お母さまの棺（ひつぎ）に向かって一生懸命お話をされていたのを覚えています。とても痛ましいお姿でしたよ」

五人の甥っ子と姪っ子の面倒を見ている時は、楽しそうだ。そんな彼に、深い傷があったのだと思うと胸が痛い。

晶水の家は、決して裕福とはいえない。子供が多いから仕方がないことだし、節約するのがゲームみたいな感覚だった。

それでも家庭はつねにドタバタと騒がしく、誰かが怒ることもあるけれど誰かと誰かが、だいたい笑っている。

そんな家で生まれ育ったから、悲しい話を聞くと、しんみりしてしまう。

彼は、お母さんを亡くしていたんだ。

「そっかぁ……」

スジ取りが出来上がったので、立ち上がった。そんな晶水にシェルは、ほんのちょっと眩しそうな目を向ける。

「晶水さまがジェムキングダムにいてくださって、私とても嬉しいです」

いきなりの歓迎の言葉に、戸惑いつつ笑った。彼女もつられたように笑う。

「えー？　いきなりどうしたの。なんか照れちゃうな」

「いえ、おめでたい話があると、小耳に挟んだもので。アレキサンドライトさまのおそばに晶水さまがいてくださって、本当によかったです」

どうやら彼から晶水にされた求婚は、臣下にも伝わっているようだ。

あの時、部屋に使用人はいなかったが、スピーカーに似た四人のちびこが、詳細を事細かに話して回ったのだろう。

「あの方は、いつもお優しい。ですが時折、話しかけることも躊躇うぐらい鋭い眼差しをなさったり、そうかと思えば淋しそうな瞳をしておられたりしました。でも、晶水さまと一緒の時は、それは楽しそうですもの」

「一緒にいると、おれも楽しいよ。誰よりも頼りにしているし」

「ではそのことを、どうかアレキサンドライトさまにもお伝えください。あの方は、誰かに甘えられたり頼られたりするのが、大好きでいらっしゃるから」

シエルは長い間、城に勤めているぶん、彼のことを臣下以上の気持ちで思いやっているのだろう。

それはとても、素敵だなと思った。

大切に想われている人は、誠実だ。だからこそ愛される。

「スジ取り終わっちゃったし、おれ行くね」

「いつもありがとうございます」

みんなが食べる野菜の下ごしらえ。地味だけど大切な仕事だ。家でもしょっちゅう、きょうだいみんなでやっていた。

「あっ、やべ……っ」

ふいに家族のことが過ぎり、泣きたくなってくる。

この世界にも、家族がいないことにも、慣れなくてはならない。でも、淋しさはふいに訪れて、通り魔みたいに晶水を不安にさせる。

先が見えない、昏く長い廊下を歩いている気がして、怖い。

自分がどこにいて何をしているのか、心もとなくなってしまうのだ。

やはり帰りたい。

でも、この世界に気持ちが傾いている気がする。

最初は問答無用で引っ張り込まれて、死刑って言われた。でもアレクが助けてくれた。王さまに一歩も引けを取らない、美しい人が自分の味方をしてくれた。

心強かった。涙が出るほど嬉しかった。

それからすぐに五つ子たちと出逢った。城の使用人たちに庇ってもらった。

アレクに庇ってもらって、自分が犯人じゃないってわかって王に謝ってもらって、安心して泣き出して、抱きしめられた。

アレキサンドライトの腕は力強く、頼り甲斐があった。

すがりたいと思ったのは正直な気持ちだ。

彼は「もとの世界に戻してやりたい」と言ってくれたけど、その後いきなり求婚してきた。

帰したいのか、帰したくないのか。

そして戻ることができないなら、彼のそばにいたいと思っている自分。

王弟だから、くっついていようとかじゃない。そうじゃなくて自分は――――。

とぼとぼ歩いて、城の裏庭に向かった。ここは晶水のお気に入り。小さな東屋があるのだ。のんびりできる時間は、大抵この東屋にいた。

「晶水」

ふいに声をかけられて顔を上げると、目の前に彼がいた。手には何冊か書籍を持っている。

「アレク……」

「ちょっと本を取りに戻ったんです。こんなところで、どうしました」

彼の後ろには、ローダミンも控えている。相変わらず何を考えているかわからない人だと思った。

ちらっと彼に向けた晶水の視線に気づいたのか、彼はローダミンに本を手渡す。

「まだ用事があるから、先に戻っていてくれ」

主人の言いつけに逆らうこともなく、ローダミンは去っていった。思わず息をつくと、そっと髪を撫でられる。

「彼は一本気なところがありますが、実直で生真面目な人間です。決して悪い男ではない。……ですが、きみを緊張させてしまった。お詫びします」

真っ正直に謝られてしまい、気恥ずかしくなる。

「いいえ。余計な気を遣わせて、ごめんなさい。おれ、ちょっと普段と違っているみたいで、いつもはこんなじゃないのに」

「何かあったのですか」

「――――いえ、なんにもないです」

なんにもない。なんにもない。

だけど、なんにもないから、不安になる。

おれ、本当に元の世界に戻れるのかどうかって考えて、もう覚悟を決めてジェムキングダムに骨を埋めるのかなって、心のどこかで思い始めている。

これって諦めなのかな。

それとも希望？

「アレク、は、おれのこと、す、す、す、すすす」

好きなの？　と訊こうとして、変なふうに口ごもった。

彼に求婚されたけれど、その時に好きだの愛だのという常套句はなかった。

（いやでも、いきなり好きとか言われてもビビるよね。おれ、彼女もいなかったし、そういうの、よくわからないし）

好き嫌いと同じぐらい訊きたいことは、もう一つ。

（男にプロポーズされた時、どうしたらいいんだ。難易度が高すぎる）

一国の王弟殿下に求婚されて、ハイそうですかと受け入れる人間がいるのか。晶水の苦悩は、実にもっともなものだった。

おれが好きなら未来永劫、一緒にいられる？

それとも好きだから、元の世界に帰したい？

恋しいのは家族なのか。それとも目の前に立つ、この美しい人なのか。それさえもわからなくなってきている。だからこそ、答えを出してほしい。

「晶水、私はあなたを愛しています」

いきなり言われて、言葉が出ない。

『おれのこと、好き？』

そんな幼稚な質問をする前に、直球な答えが返ってきた。

「愛しているって、……おれのこと、なんにも知らないでしょう」

「そうですね。私が知っているのは、法廷で気絶していた容疑者です。しかも私の甥を殺めようとした疑いがかけられていた」

「そんなこともあったなぁ……」

そんなに日にちは経っていないのに、ずいぶん昔のことみたいな気がした。

「アレクはおれの名前を聞いて、おかしなな名だって言った」

そう言うと彼はしまったという顔をしていた。

「覚えているんですね」

「覚えているんですよ」

二人で顔を見合わせて、小さく笑ってしまった。だって出会いとしたら最低、最悪の部類に入る話だったから。

「愛しているという言葉で安心できるなら、いくらでも言いましょう。愛しています。人生を共に歩いてほしい」

「だって元の世界に帰してくれるって言ったのに」

「謝罪します。だが、もうきみを手放すことは考えられない。ずっと一緒にいたい」

「前言撤回が早すぎます。それに、おれたちお互いのこと、なんにも知らないよね」

「恋とは、そういうものです。愛ならなおさら」

「なおさら？」

「知らないからこそ、燃え上がる」

真摯な眼差しに見つめられて、こんなことを囁かれたら。おれなんて単純だから、簡単に靡いちゃうだろうな。

軽いかな。隙を見せっぱなしかな。簡単かな。単純かな。

（だってさぁ、彼女いなくて彼氏ももちろんいなくて免疫ないのに、こんなにカッコいい

頼り甲斐のある王弟殿下に愛を囁かれているなんて)

大きな手が晶水の肩を抱き寄せる。それに抗える力はない。むしろ――――。

(ずっとこうしていたい)

晶水が心の底からそう願っても、誰にも責められるはずがなかった。

「少し寒くなってきました。中に入りましょう」

アレクはそう言うと、晶水の肩をそっと抱いた。

彼の部屋に入ったけれど、どちらも口を開かない。

しばらくの間、ただ黙って抱き合っていただけだ。それでもお互いの気持ちが通じているような、不思議な感覚だ。

(今さらだけど、……おれアレクのことが、好きなんだなぁ)

しみじみと考えて、なんだか胸が温かくなってくる。

男女の色恋の知識があっても、恋愛の機微がわかるわけもない。クラスメイトたちが彼氏だの彼女だのを作って浮かれていた時も、あまり興味がなかった。

でも、今こうやって抱擁されていると、気持ちがいい。

心の深い部分で、深呼吸できるみたい。

指先も身体も温かくて、眠くすらなってくる。

ほんの少し前まで、こんな関係じゃなかったはずなのに、いつの間にか、そう認識しているらしい。

この人は、いつも自分に寄り添ってくれる。そんな安心感ゆえだろう。人を信頼し安堵できる。それが愛とか恋とかいうものならば、すごく素敵だと思った。自分ももっと、彼に恋をしたい。

優しく髪を撫でられて、気持ちよくて頭を彼の胸の辺りに擦りつけてしまった。まるで獣の親子だ。

自然と唇が近づき、いつの間にか重ね合っていた。

驚きも震えもない。自然にくちづけし、何度も頬や額、瞼にもキスをされ、そしてまた唇に戻っていく。

それがとても自然で優しく、あるべき形のような気がした。

なんだか安心してしまい、眠くなってくる。それはすぐに見破られたらしく、クスクス笑う気配がした。

「こんな場面で眠くなる人は初めてだ」

「ご、めんなさい。なんか安心したみたい。緊張してたのが、ほどけたのかな……」

そう言うと彼は晶水を抱きしめたまま、長椅子に腰をかけた。そんな格好をされると、さらに眠気が深くなっていく。

彼の胸に顔を埋めた格好で、どんどん眠気が深くなっていく。

眠ったらいけない。起きなくちゃ、起きなくちゃ。

そう思いながら、引きずり込まれるみたいにして、深い眠りに落ちてしまった。

□□□

次に目が醒めたのは夜明け前の、辺りが仄暗(ほのぐら)い時間だ。

ハッと気づいて身体を起こすと、広い寝台の上に丸まって眠り込んでいた。

辺りを見回すと、彼が両腕を組み椅子に座った格好で、目を閉じている。呼吸は安定して、とても静かだった。睫(まつげ)がめちゃめちゃ長い。

——寝ているのだ。

ずっと見守ってくれたことに胸が熱くなる。

この人が好き。

アレクに出逢えてよかった。

この世界では驚くことばかりだったけど、彼が好きなことに変わりはない。

晶水は起き出すと、毛布を剝(は)がして彼の身体にそっとかける。それでも目を覚まさないから、疲れているのだろう。

改めて寝顔を見てみると、やはり綺麗なものだった。妹たちならば、尊いと叫ぶに違いない。ちょっとの間、見惚れてしまう。

起こさないように、そーっとそーっと部屋を出ようとした。

すると背後から声がした。

「どこに行かれるんですか」

そーっと後ろを振り向くと、眼を開いた彼が座ったまま声をかけてくる。ものすごくバツが悪い気がして、肩を竦めた。

「え。えーと、部屋に戻ります」

「私を放って？」

返答に困ることを言われて戸惑うと、彼は両手を広げて「いらっしゃい」と言った。いらっしゃいとは、この腕の中においでという意味だ。

ちょっと照れ臭かったが、乞われるまま近づいた。すると大きな手が晶水を捕まえて抱きしめる。

「恋人を腕に抱くのは、最高の気分だ」

「……恋人？」

びっくりしてしまった。恋人と言っていいのだろうか。

「愛しているとお互いに認め合ったでしょう？」

「あ、そうか。これは恋人になったということですよね」

「そうそう」

トンチンカンな受け答えだが、晶水はまだ十七歳。彼女がいたためしがないから仕方がない。彼はこの世慣れぬ恋人を、優しく抱きしめた。

「おれ、こういう感じに慣れてなくて、あの、よくわからないんですが……」

「わかっています」

「えーと、おれからキスするのが、いいんでしょうか？」

そこまで言うと、さすがに彼も噴き出した。

「あれっ⁉　笑うってことは、やっぱ変なんですか」

「いえいえ。初々しくて嬉しい限りです」

「初々しいと嬉しい？　面倒じゃないですか。おれなんて、下の弟たちに教えるのは手間がかかってもう初々しさが憎いと思って……」

そういうことではない。

そこまで言って主題がズレていると気がついた。その証拠に、彼はニコニコ笑っている。

ここは笑う場面ではないのに。

「なんか、……ごめんなさい」

恥ずかしくて顔が真っ赤になる晶水を、彼は引き寄せて優しく抱きしめた。

「可愛くて可愛くて、どうにかなりそうです」

そう囁き、晶水の額にキスをした。優しすぎて、ママのキスみたいだ。そう思ったら、奇妙に恥ずかしくて堪らない。

「あの、やっぱり部屋に戻っていいですか。身体を拭いたいし、着替えたい」

「きみは少しも臭いませんよ。むしろ、とてもいい香りがする」

「わーっ、やめてー」

いきなり大人の会話になりそうになって、慌てて身体を引き離した。そんな様子を、彼はおかしそうに見ている。思わず晶水も噴き出した。

二人で声を出して笑い、手を繋ぎ、キスをする。

恋人と一緒にいるって、こんなに楽しいことなんだ。

笑って、話して、また笑って、ちょっと怒る真似(まね)をして、くちづける。

この人がそばにいてくれて、嬉しかった。

# 7

着替えたいのは本当だったので、とりあえず解放してもらい、部屋に戻る。室内には小さな洗面台があるので、身支度はここで済む。

顔を洗って着替えようとすると、扉を叩く音がした。アレクが来たのかと思って、なにも考えずに扉を開くと、思いもかけない人物が立っていた。

ローダミンだ。

彼がどうして、晶水の自室に来るのだろう。

「あの……?」

(おれ、この人と相性が悪いみたいだから、遠慮したい。……っていうか、徹底的に嫌われているとしか思えない。怖い)

繊細な現代っ子だから、剝き出しの敵意も悪意も怖い。

ローダミンからは、言い知れない敵愾心を感じる。だから怖くなってしまうのだ。

「……服が濡れていますね」

そう訊かれて、顔を洗った時の水はねが、襟元に散っているのに気がついた。

「え。これは顔を洗った時、バシャバシャやっちゃったんです。これから着替えようと思ったんですけど」

だから帰って。早く帰って。暗にそう言ったつもりだったが、通じなかった。

「こんな時間に洗顔ですか」

「あ、昨夜アレクの部屋で寝ちゃって、今さっき戻ったんです。それで顔だけでも先に洗おうとしたら、このザマで……」

そこまで言って、ギョッとした。ローダミンの顔色が真っ青だったからだ。

「大丈夫ですか。顔色がすごく悪いですけど」

怖いのを忘れて両手を差し出そうとすると、反対に手首を摑まれてしまった。

「……あの」

晶水の両手首を摑んだまま、彼はしばらく無言だった。だが小さな溜息をつくと、顔を上げる。

「アレキサンドライトさまのことで、お話がございます」

「アレクの?」

ふと冷たい風が頰を撫でたような、不思議な違和感を覚えた。

(この人、アレクのことアレキサンドライトって呼んでいたっけ?)

「少しご足労いただけますか。歩いて、すぐです」

「ここで話しちゃ、駄目ですか?」

彼の気迫が怖くて遠慮したい、というか逃げ出したい気持ちだった。

「万が一の漏洩を避けたいのです。お許しいただけませんか」

「でも……」

できるなら、彼と二人きりになりたくない。以前、犯人と決めつけられたわだかまりは燻っている。あの時、本当に怖かったからだ。

ローダミンの眼は、つねに鋭い。晶水を信用していないように見える。

躊躇っていると、彼はそっと顔を近づけてた。そして。

「アレキサンドライトさまについてのお話です。信頼できる方にしか、お伝えできませんので、聞いていただきたい」

「……はい」

なにか釈然としない。

絶対に彼は、嘘をついていると思う。

(アンタ、おれのこと信頼なんかしてないじゃん。ミエミエすぎて、すごく変)

しかし大切な人の名を出され、思わず受け入れてしまった。

(でもアレクについての話って、なんだろう。……気になる)

彼が「殿下」ではなく「アレキサンドライトさま」と呼んだ変化が、心にいつまでも残っていた。

□□□

ローダミンに言われるまま、アレクの館を出て歩く。

以前、彼は丘の向こうに建つのが宮殿ですと言ったが、ローダミンはそれとは逆の森林へと向かった。アレクの館と宮殿を背にした森林は、どこかうら淋しい。

「こちらの森は足元が不確かだ」

そう言われて、ぐったりする。彼は分厚いブーツを履いているが、晶水はいわゆるスリッポンを履いていて、山歩きには不向きだ。

鬱蒼(うっそう)とした森の中は陽(ひ)が差し込まず、見ているだけで昏い気持ちになってくる。

彼は山道に慣れているのか、動きに淀(よど)みがない。こちらは現代っ子。エレベーター、エスカレーターは生活の一部なので、徹底的に運動不足。すぐに息が上がってくる。

それでも無言で歩くのが嫌で、晶水のほうから口を開いた。

「まだ到着しないんですか」

「あともう少しだ」

「も、もう少しって?」

かなり限界に近い。若くても現代の交通事情に慣れきった身には、つらい。

「この斜面を越えると、湖が見えてくる。そこまで歩いてもらおう」

彼の言う通り、すぐに湖面が見えてきた。いったい、どれぐらい上ってきたのか。

小さな湖のそばには、古い小屋が建っていた。今は使われていないのか、ひっそりしているが、風景によく馴染んでいる。

だがローダミンは小屋を目指すでもなく、湖のほとりで立ち止まった。

「私の両親は城で下働きをしていた。使用人に割り当てられた狭い家で生まれた私に、幸運が舞い込む。アレクの、いい遊び相手になると抜擢されたからだ」

とつぜん語り出したローダミンに、晶水は視線を移す。見上げるほどの長身だが、その姿は端整だ。

先ほどの違和感がまた訪れる。

（さっきはアレキサンドライトさまで、今度はアレク。……なんだか、ちぐはぐだ）

疑問が頭を掠めたが、何事もなかったような顔で、話を続けた。沈黙が怖かった。

「じゃあ赤ちゃんの頃から、アレクのそばにいたんですね」

「そう。アレクは王弟殿下でありながら気さくな方で、私も一緒に家庭教師の授業を受けられるよう、先代の王に進言してくださった。おかげで、私は勉学を修めることができた。あの方には、感謝しかない。誰よりも敬愛している。だから」

だから？

二人の会話は、そこで止まった。

兄弟のように育ち、敬愛する大切な人だから。だからお前のような得体の知れない人間が、彼のそばにいることが我慢ならないと、言いたいのだろうか。

思い出話をしながら、彼の眼は刺すように晶水を見つめていた。

「お前が王弟殿下に相応しいとは、とうてい思えない」

低い声、唸るような囁き。

彼が言いたかったのは、これだったのだ。

どこかでずっと、予測していた。ローダミンは自分を排除したいのだと。

「親しげに殿下に話しかけ、王子や王女を手懐ける手腕は、たいしたものだ。厚かましい人間というのは、慎みがまるでない。王弟殿下を、あっさり陥落した」

(陥落って、人を地盤沈下みたいに言うなよ)

カチンときたが口には出さずにおく。彼の導火線がどこにあるか、わからない。

黙って話を聞いているだけの晶水に、ローダミンは視線を鋭くする。

「私のアレクに近づくな」

とつぜん出た言葉に、やっと合点がいく。彼の苛立ち。それは。

(押し隠していた本音は、これなんだ)

ご主人さまでも、アレキサンドライトさまでもアレクさまでもない。

彼にとって、アレクはアレク。子供の頃から、ずっとそうだったのだろう。

「アレクと朝まで閨(ねや)を共にしたなど、汚らわしい」

「ねや？」

聞き慣れない言葉に首を傾げると、鋭い声で叱責される。

「黙れ、痴(し)れ者が。王室に入り込み、王に謝罪をさせた手管は、悪魔のようだ」

――ああ、そうか。

彼の言葉の意味。バラバラのパズルのピースが嵌(はま)った時に似た感覚がよみがえる。

ずっと感じていたモヤモヤの正体は、これだ。

彼は大切な「主人」ではない。

愛するアレクのそばに誰かが近づくのを、許せなかったのだ。

だから晶水に突っかかってきたし、こんな場所に呼び出して脅しをかけているのだ。

場合によっては、亡き者にしようと考えているのかもしれない。彼が着ている上着の下に、どんな凶器が隠されているか、わからない。

（逃げろ。とりあえず逃げろ。ぜったい追いつかれるだろうけど、まず逃げるんだ）

頭の中でパチッと火花が走り、跳ねるみたいにして走り出す。

「待て！」

背後から大声が聞こえた。

怖い怖い怖い。凶器よりも人の狂気が、なにより怖い。

振り返ることなく走った。小屋に逃げ込み籠城しようと決めて、一目散に走る。心臓が破れそうだ。扉が閉められていませんように。それだけを祈った。

こんなに走ったのは、いつぶりだろう。苦しい中で考えて気がついた。

そうだ。あの時。

洗濯機が欲しくて古物商を目指した、あの時以来じゃないか。

あれからずいぶん経った。その間、冷蔵庫の中で死にそうになったり、裁判にかけられて死にそうになったりした。でも。

頭の中にいろんなことが、走馬灯のように過ぎる。

卵六個のオムレツ。

ダイヤモンドのお城に住む五人のちびこ。

おっかないけれど、話をしてみると悪い人じゃなかったカーネリアン王。頑張ったのに報われず、つい嘘をついたシトリン。それから。それから。

アレク。

歪んだ時空の中で、あの人に会えた。まさに別世界の、きらきらの王子さま。

そんな人に愛していると囁かれた。

『愛しているという言葉で安心できるなら、いくらでも言いましょう。愛しています。人生を共に歩いてほしい』

あの人に、もう一度だけでいいから逢いたかった。

人生を共に歩みたいのは、自分も同じですと伝えたい。こんな狂った状況の中で、あなたのことを思い出す。

死にたくない。もう一度、逢いたい。

冷蔵庫の中で死の予感に怯え、もう一度だけ逢いたいと願ったのは、家族の顔だ。

でも今、誰よりも逢いたいのは、ただ一人。

アレク。あの人に逢いたい。逢って抱きしめてもらいたい。

「わあああああぁぁっ！」

自分でも説明がつかない大声を上げながら、必死で走って小屋にたどり着く。

扉に鍵がかかっていませんようにと、祈る気持ちでノブを引くと、奇跡が起こった。

(開いてる！)

歓声を上げたい気持ちを堪えて中に入り、大急ぎで鍵をかけた。

湖のほとりに建つ掘っ立て小屋は狭く、小さな窓があるだけの部屋。だが命を救ってくれた、聖域にも近い空間だった。

扉を背に、ズズズズズと座り込む。気が抜けたのだ。

「よ、よ、よく逃げ切れたなぁ……」

全速力で走ったから、息が切れて胸が痛いし肺も痛い。脚もあちこち切っている。でも、ここにいれば、彼から逃げられた。

「あ、扉のそばは危ないよね……」

とりあえず閉じ込もって、なんとか逃げるチャンスを窺（うかが）おう。そう考えながら壁際に座ろうとした、次の瞬間。

外から音を立てて、鍵が開けられた。

信じられない思いで扉を凝視していると、姿を見せたのは、最悪の人物だった。

「ローダミン……」

「予測通りに動いてくれて感謝だ」

彼はそう嘯くと、中に入り扉を閉めた。

（考えたくないけど、こういう場面の展開って、悲惨なことしか思いつかない……）

頭がガンガンする。最悪のことしか思いつかない。

全速力でゼェゼェの晶水とは対照的に、ローダミンは平然として、息も乱さない。彼は悠然と近づいてくる。

「林の中を走れたのは、たいしたものだ。鍛えてもいないし、そんな不安定な靴だというのに。すばらしい」

そう話しながら近寄ってくる彼を避けて、座ったまま後ずさる。

（冷蔵庫の中で死にそうになって、次は死刑になりかけて、最後はこれかよ）

ジェムキングダムに落っこちてから、自分は死に直面しすぎだ。こんな展開を漫画スクールに応募したら、たぶん一発で不合格だ。

（死にたくない）

アレクと幸せになりたい。こんなところで未来を奪われたくない。

緊張感が極まりすぎて、吐き気に似た恐怖が襲ってくる。だが、意外すぎる一言が彼の口から発せられた。

「乱暴するつもりはない」

「え」

彼は見るも穢らわしいとでも言うように眉をひそめ、晶水を見下ろした。

「アレクに二度と近づかず、元の世界に帰れ。承諾するまで、この小屋から出さない」

そう言われて、ハイそうですかとも言えない。自分はアレクを愛している。傍らを離れたくない。なにより、そんなことを他人に命令されて、従いたくなかった。

「お前も故郷に親兄弟がいるだろう。その家族と平穏に暮らせ。王弟殿下の寵愛を受けられるなどと、夢を見るな」

またカチンとくる。指図されると、ざわざわするのだ。だけどここで反旗を翻したら、たぶん命が危なくなる。

(悔しい。悔しい。悔しい。おれ、なんでゴチャゴチャ言われてるの。アレクが好きで、おれが近くにいるのが気に入らないんだろ。マッチョのくせに、乙女かよ)

反論したい気持ちでいっぱいになる。

でも、ここで逆らったらなにをされるかわからない。

本意ではないけれど、ここは従っておくのが得策なんだ。

ふだん闘争的ではないし、面倒だったら長いものに巻かれておけ主義の晶水だが、ここまで言いがかりをつけられるのは、我慢ならない。

それでも、最悪の事態は避けたい。無事に生きて戻りたい。

「返事はどうした。アレクに二度と近づかない、元の国に戻ると言え」

どうしても言質を取りたいローダミンは、たたみかけるように迫ってくる。

(遺憾ってのは、こういう時に使う言葉か、くそーっ)

生きて帰る。無事に帰る。ぜったいに。

「わ、わかり……」

観念して同意しようとした。だが、その時。いきなり扉が開かれた。

開かれた向こう側に立っていたのは、アレクだ。

「晶水、こんなところにいたのですね」

「アレク!」

この異様な状況に驚いた様子もなく、彼は微笑さえ浮かべている。

「探しました。シトリンが裏山へ向かったと教えてくれたので、助かりました」

「シトリン？　でも彼女はもう仕事を辞めたんじゃ」

意外な人物の名前が出て、状況も忘れてしまった。しかしアレクは、まったく表情も変えず、話を続けた。

「仕事を辞める最終日が今日だったらしく、最後の挨拶のために館に来ていました。その時、晶水が森へと行くのを見て、心配して私に報告に来てくれたんです」

「シトリンが」

「ええ。晶水に、くれぐれもよろしくと言っていましたよ。来週から孤児院で奉仕が始まるそうです。うまく馴染めればいいけど」

「……アレク」

唸るような声がした。

ギョッとして顔を上げると、ローダミンが蒼白な顔で立ち尽くしている。

「アレク、話を聞いてくれ。彼を連れ出したのは、これは」

しかしアレクは声をかけられても、顔を上げなかった。

「晶水、館に帰りましょう。ベリルもジェイドも、パールもルチルもラピスも首を長くして、きみの帰宅を待ちかねていますよ」

「アレク、私がここにいるのは偶然なんだ。きみの大切な友人が森で迷っていたと聞いた。森は危険だから、館へ連れ戻そうと思った」

目に見えてうろたえるローダミンは、もつれる舌で必死にしゃべっている。

「料理人が腕によりをかけて、ベリルも食べられるデザートを作るようです。きみに協力してもらったと、言っていました。楽しみですね」

あれからベリルの食べたものが調べられた。原因となる食品は、おおよそ特定できたようだった。

「アレク、頼むから話を聞いてくれ。私は多くの恩恵にあずかってきた。恩返しのためにも警備隊長としても、怪しき人間は排除することに全身全霊を尽くす」

この嚙み合わない会話の違和感に、晶水は怖くなってくる。

すがる声で話すローダミンと、そこにいないかのような態度を取り続けるアレクと。

「晶水、館に戻りましょう。ここは空気が悪い。怖気がする」

彼はそう言うと床に座り込んでいた晶水を立ち上がらせ、衣服を整えてやると扉を開こうとした。

するとローダミンが床に這い蹲り、平伏した。

「アレキサンドライト！」

たった今までアレクと呼び、親しげな態度でいたが、改めて呼び直すことの意味は、なんなのだろう。

ローダミンは床に跪いたまま、目の前に立つ王弟を見つめた。そして。

「アレク、愛している」

突然の告白に晶水は瞠目するが、アレクは無表情だった。

ただ煩わしげに、視線を向けるだけだ。

「そんな告白を、私が聞きたいと思うか」

低い声で言われても、ローダミンは目元を細めるようにして笑った。

「想いを成就させ、愛を囁こうとは思わない。ただ、どうしても言いたかった」

晶水がアレクに視線を向けた。彼は嫌悪でも嘲笑でもない、憐憫に似た色を瞳に浮かべているだけだった。

「アレクの役に立ちたいと、それだけを願ってきた。無礼があったのなら、どうか許してくれ。だが私は、アレクこそが国王に相応しいと……っ」

——彼らの関係は、兄弟ではない。

長いこと、兄と弟のように育ってきた。だけど彼らの関係は主従なのだ。

「黙れ」

凄まじい怒気を含む声が洩れる。そばにいた晶水の肌が、ビリビリ痛んだ。

「兄上を侮辱することは、明らかな不敬罪。覚悟しろ」

「いや、待ってくれ。今のは、ものの喩えだ。決して陛下を蔑ろにするつもりは」

「お前はさっき、私こそが国王に相応しいと言った。その言葉は私ばかりか、兄上までも侮辱し、そして晶水を貶めた」

そう言うと彼は、頭を垂れているローダミンを見下ろした。

「アレク、愛している」

絞り出すような声を発したローダミンに、アレクは冷たい一瞥を向けただけだ。

「ずっと一緒に育ち、ともに高め合ってきた。だが、それも終わりだ。もうお前は私の乳兄弟でも、幼馴染みでも、警備隊長でもない。心に蛇を飼う奴は、もう元に戻ることはできないからだ」

主人であるアレクに恋焦がれたあまり、その境界を超えようとした。寵愛を受ける晶水を憎いと思い、排除しようとして、そして——。

「お前には失望した、ローダミン」

アレクが身体をずらすと開いた扉から、何人かの警備隊員たちが入ってくる。そして、かつての上司の、なれの果てを見下ろした。

「連れていけ」

「はっ」

隊員たちが手際よくローダミンを拘束し、部屋を出ていった。

かつての部下たちに連行されていく彼は、なにも言葉を発しようとはしなかった。

晶水はアレクに近づくと、そっと手に触れる。

彼の指先は、小さく震えていた。

「晶水、抱きしめていいですか」

囁きを聞き逃すことなく、晶水は自分から彼を抱きしめた。

大きく逞しい体軀は小さく揺れ、いつまでも抱きしめていたくなるぐらいだ。

彼が、いとけなく頼りなげに見えた。

見上げるほど身長があり、鍛えた美しい人なのに。

ずっとそばにいたい。

ずっとずっと支えてあげたいと、そう思う。

(この気持ちは、嘘じゃない。悲しんでいるなら、支えてあげたい。一緒に不安を乗り越えたい。それが恋とか愛とかってもんじゃないの?)

「アレク、おれね……」

抱きしめられた格好のまま、小さな声で言ってみた。すると彼は肩に埋めていた顔を離して、晶水を見つめてくる。

綺麗な瞳。ジェムキングダムでいちばん美しい宝石は、きっとこの双眼だろう。

人を魅了してやまない、魔法の石に似た奇跡の眼差し。

「おれ、もし元の世界に帰ることができても、もう戻らない」

「晶水」

「おれはこのジェムキングダムで、アレクと一緒に生きていく」

「本気ですか」

「嘘でこんなこと、言わないでしょう。あ、五つ子ちゃんがウザいって言わない限り、ずっと一緒……」

話をしている最中なのに、ギュッと抱きしめられキスをされた。頬とか額とかじゃなくて、唇への熱いくちづけだ。

何度も角度を変えて、唇だけでなく、もっと熱いものが触れてくる。

彼の舌先だ。生まれて初めての感触に怯え、でも逃げることは許されない。

彼と一緒に、生きていく。

晴れがましい気持ちと、嵐のような淋しさが吹き荒れる。

さようなら、とうちゃん、かあちゃん。

金継にいちゃん、剛にいちゃん。瑠璃ねえちゃん、琥珀ねえちゃん。

藍、碧。天河と天青。

さようなら、さようなら。

愛していたよ。さようなら。

おれは、この宝石の国で生きていく。
さようなら。ありがとう。さようなら。――――さようなら。

# 8

「あのー……、結婚式を挙げるのは、まぁいいですけど」

「はい」

「なんでその式で、おれがウェディングドレスを着るんでしょうか」

「それはきみが花嫁だからです」

しれっと言ってのける美丈夫、アレク。彼はこの服について、絶対に譲ろうとしなかった。

アレクの館で午後のお茶を楽しみながら、結婚式の打ち合わせ。

式なんてするのかと驚いたが、彼は立場がある身なので、仕方がない。

「いやいや。意味がわかりません」

十七歳、男子高校生。ウェディングドレスと言われて頷けるはずがない。

「花嫁の定義ってなんなの。二人で普通の服を着たらいいじゃない。ちょっとオシャレして、みんなに祝ってもらえばいいじゃない」

「もちろんです。ただ、私は平服というわけにいかない」

「い？」

「ジェムキングダムの王弟として、礼服を着用しなくてはなりません。我が国では王室の人間は、白の大礼服が決まりとなっています」

「大礼服って？」

「王族や軍人が式典の時に着る、第一級正装です」

話だけだとわからないから、絵に描いてもらった。

ここで晶水の少ない服飾の知識と照らし合わせて一番近かったのが、皇室。天皇陛下だ。

（あ、テレビで観たことがある、金色の飾りとかがゴッチャリついているヤツ。大礼服って名前があるんだね）

「じゃあ、おれもコレ着る」

「おかしいです」

「なぜ？　ジェムキングダムでは、男同士の結婚がアリなんでしょう？」

「もちろんです」

「じゃあ、おれがコレを着ても問題なんか」

「ですが、きみが着るには身長と肩幅身幅が……」

漫画ならば、『ガーン！』と描かれるヤツだ。

「ひどい。なにそれー」

「しかしベリルもジェイドも大礼服は着ません」

「あの子たち、幼児じゃん！　おれ三歳児と一緒⁉」

とうとう、わーんと泣き出してしまった。涙は出ていない。

「男子に身長の話をするのは、女子に体重を訊くぐらいタブーなのに！　アレクは、おれのことをちびって言った」

「いえ。そのようなことは言っていません」

「言ったよー。ちびでハゲでメガネって言ったー！」

無駄な主張をすると、よしよしと髪を撫でられる。

「この小芝居は、まだ続きますか」

アレクの冷静な、しかしどこか楽しげな声に、晶水も伏せていた顔を上げる。

「うーん、もうちょっと……」

お互いに冗談だとわかっているけど、なんとなくオチはない。

こうやってベタベタするのが楽しい。

いつもならちびこたちが乱入してくるタイミングだが、今日はお昼寝している。

(これってさ。これって、すっごくいいムードってヤツ？)

彼女もいなかったくせに、変なところだけ耳年増。姉が多い弊害だ。

テーブルに着いていたので、晶水は席を立ってアレクの目の前まで移動する。

「どうしました？」

「うーん。イチャイチャしたくて」

「イチャイチャとは、なんですか」

「えっとね。こういうの」

座っているアレクの膝に座ると、両手を彼の首に回す。

「実に大胆ですね」

「別にエッチなことしなくても、こうやって近くにいるのって楽しいでしょ。だから、イチャイチャ。触れていると安心するでしょう」

「本当だ。ホッとする」

晶水は彼の胸に額を寄せる。この体勢は、すごくいい。

「アレク、……キスして」

彼と人生を歩むと決めたせいか、すごく大胆になっていた。でも、こんなワガママを言ったり言われたりするのが、お互い楽しい。

晶水のおねだりを叶えるために、彼は唇を近づけてくる。アレクのキスを待って目を閉じると、ふわっと唇を塞がれた。

何度か軽いキスをして、何度か角度を変える。

くちづけは甘くておいしくて、さくさくトロリなお菓子みたい。

音がする、はしたないキス。どんどん身体の力が抜けて、ぐらぐらになった。座っているのが難しくなってくる。

　彼の身体に凭れかかると、背中を優しく撫でられた。

「もっと……、もっとキスして」

「きみは強欲だ」

　そう言うと彼は楽しそうに笑った。その余裕が悔しくて、彼の首筋に歯を立てる。するとお返しみたいにして、大きな手がズボンのファスナーを下ろしていく。

「あ、……や」

「しー……。いい子にしていて」

　熱い吐息に囁かれて、腰が砕けそうになった。

　すると、その隙に大きな手が衣服を潜り抜けて、肌に触れてくる。いつもなら、くすぐったいと思うのに、今は違う。身体が火照り、大きく跳ねた。

「あ、アレク……っ」

「きみの淫らな姿が見たい」

　彼の指は、あっという間に晶水の性器を摑んで擦り上げてくる。

　恥ずかしくて彼の肩に顔を伏せていると、耳殻を嚙まれる。

「あぁ……っ」

　彼は握った性器を擦り、小さく震える身体を追いつめていく。

「ああ、可愛い。どうしてこんなに可愛いのかな」

「や、やだ。恥ずかしいこと、言わないで」

熱い囁きに、頭が蕩けそうだ。どうしていいかわからず、アレクにしがみつく。

「もっと。もっとして」

「私だけの姫君。きみをこうして抱きしめることができるなんて、夢みたいだ」

「すき、アレク、すき……」

抱きしめられる腕の力強さが増した。すごく頼り甲斐がある。

この人が好き。

アレクを好きになってよかった。

これ以上はないぐらい、出会いはめちゃくちゃだった。

でも、いつだって彼は自分を守ってくれた。

この人がいなかったら、死んでいたかもしれない。

これからは、自分が彼を守る。

万が一にもこの人を傷つける人がいたら、やっつけてやる。とっちめてやる。

自分なんかには、なんの力もない。

でも、彼を思う気持ちだけはダイヤモンドよりも固い。

おれのジェムキングダムは、この人だ。

きらきら光り輝く、美しい夢の国。

「やぁ、やだぁ……」

「今の声は、気持ちいいから？　晶水のいいところを教えて」

アレクの冷静な声が、すごく恥ずかしい。

彼は晶水の身体を抱き上げると、揺らぐこともなく歩き、寝台へと下ろした。

顔を真っ赤に染めながら彼を見上げると、うっとりとした表情を浮かべている。

アレクは晶水を寝台に押しつけ何度もくちづけるから、呼吸ができなくなる。

その息苦しさが、独占されているみたいで嬉しい。

唇の間から熱い舌先が侵入してくる。

身体が震えた瞬間、乗じるようにして、彼の舌先に上顎を舐め上げられた。

「ん、んん……っ」

晶水が声を洩らすと、アレクは艶美な微笑を深めていく。

すごく恥ずかしいけど、彼が悦んでくれているのが嬉しかった。

いつもの冷静な彼ではない、一人の男なんだ。

膝立ちで晶水の身体を跨いだまま、アレクは服を脱いだ。

その鍛えられた上半身は、ぞくぞくするほど美しい。

彼は身体を屈めると、何度も唇にキスをし、甘嚙みをしてくる。

卑猥で、すごく感じた。

「なんて素敵な格好だろうね」

思わず自分の姿を見下ろすと、上半身は開けられ、ズボンも前が開かれた、なんとも情けない姿だった。

これを素敵という気持ちはわからないけれど、彼の瞳がきらきら輝いている。名の通り、アレキサンドライトの輝き。

母が何度か見せてくれた、あの不可思議な宝石と同じ眩耀。

彼は何度も晶水の首筋にキスをし、乳首に触れた。

ビクッと震えると、嬉しそうに微笑む。

「晶水、きみが愛しくてたまりません」

夢見るように囁かれて、気絶しそうだった。

(愛の言葉を囁かれて卒倒しそうになるって、おれ、どうしちゃったのかな)

自分が弱い生き物になったみたいで、すごく恥ずかしい。

そんな不安が感じ取れたのか、彼は晶水の髪に優しくくちづけた。

「私も心臓が激しく高鳴っています」

「アレクが、どうして?」

「だって大好きな人を抱きしめて、くちづけている。当然ときめくし、胸は弾む。まるで少年に戻ったようです」

そう言うと晶水の唇に音を立てて、キスをした。

「アレクみたいな大人でも、ドキドキするんだ」

「ドキドキ？」

「心臓が鐘を打ったみたいに、ドンドン鳴ること」

「あの法廷できみを見た時から、私の鐘はドンドン鳴っていました」

思いもかけなかった一言に、言葉を失った。

法廷での自分は結構ボロボロだったはずなのに、どこをどう見て惹かれるんだろう。

「えー……、あの時の、どこがどうして」

「料理人は人のための仕事」

前にも言われたフレーズだ。

「それ、もうやめて――」

「人を喜ばせる仕事。人が生きるのに必要な、食事を作る仕事です」

激情に任せて言ったものすごく青臭い台詞は改めて聞くと拷問だ。

「わー、やめて、もう言わないで！」

羞恥（しゅうち）に身を捩（よじ）っても、アレクは容赦しない。

ほとほと参る。別にカッコつけていたわけじゃないが、それでもあの時の激情に似た思いは、やはり本心だった。

「絶対に、人の食べものに毒なんか入れない。この時、私はきみに恋をしました」

恥ずかしくて真っ赤になる晶水を、彼は楽しんでいた。。

そもそも今もこの時も、自分は料理人ではない。ただの高校生だ。

「入れてたまるかよ、ちくしょうっという最後の捨て台詞も含めて、大好きです」

「も、もういい。もういい！」

真っすぐに見据えられて、涙が滲んでくる。

恥ずかしかったけれど、お互いにオデコをくっつけて、くすくす笑う。

「……アレク、だいすき」

「私は愛していますよ。異世界から来た、私だけのプリンセス――」

□□□

「ああ……っ」

アレクに擦り上げられた性器は、先端から透明な液体を滲ませていた。

その濡れた感触と指の腹で弄られる感触は、すごくよかった。

気持ちいい。

どうしよう。どうしよう。いっちゃいそう。

身体がぎゅっと震える。唇が震えて、言葉にならない。

「ぁあ、ああ……っ」

そうくり返すと、骨が砕けそうなぐらい、きつく抱きしめられる。

「もっと、……あ、あ、……っ、アレク、すき。だいすき」

胸の鼓動が、ものすごく速くなった。

自分の心音に気を取られている隙に、彼は寝台の脇に置いてあるチェストから、小さなボトルを取り出した。

そして中の液体を自らの性器と、晶水の奥へ塗り込む。

初めての感覚に、知らずに身体がこわばった。

「あ、あぁ……っ」

液体を塗り込みながら、長い指が入り口をほぐしていく。

奇妙な感覚に、声が出そうになった。

「痛いですか?」

痛くはない。でも、気持ちが悪い。まさかこんなことを自分が体験するなんて。

体内に指が潜り込んでくる。慎重に入り口をほぐしているのがわかった。思わず涙ぐむぐらい違和感がある。でも。

彼を受け入れたい。

アレクと一つになりたいんだ。

「痛いですか？」

宥めるような声が耳に届く。それに必死で頭を振った。

「だ、だいじょうぶ、いたく、な、ない……っ」

必死でそう言うと、優しい声で囁かれた。

「意地っぱり」

中へ潜り込んだ指先が肉壁をほぐす。ゆっくりとした動きに震えが走る。

男同士の性交について、知りたくないけど知識だけはある。妹ズのせいだ。

でも知識と現実は、天と地ほどの差があった。

想像を絶するほど卑猥な格好をさせられて、しかも長く、いつまでも終わらない。というより、まだ始まってもいない。

（うそー、抱き合ったら暗転、朝には薔薇のベッドで目覚めて、終了じゃないのかよー）

微妙に古い少女漫画しか知らなかったらしい。知識が古すぎた。

思わず泣きごとを言いそうになったが、ぐっと堪える。

今されているのは前戯というもので、本番はまだまだ先。泣きごとを言うのは、もっと先の本番を迎えてからである。

「ア、アレク。もういい」

「いいとは、どういう意味でしょう」

「緊張をほぐそうとしてくれてるのは、わかる。でも先延ばしするほうが怖い」

「しかし……」

「いいから。あの、サクッてやっちゃおう」

夢も希望もない一言だった。

アレクもさすがにどうしたものかと考えたようだが、先延ばししたくないという晶水の一言に、納得したようだった。

「では、痛かったりやめたい時には肩を叩いてください」

「う、うん……」

話し合いののち再開。まるで道路工事みたいだ。

本音を言えば恥ずかしくて、身体はしんどい。きっと顔は真っ赤だろう。

そこまで考えていると、とつぜんアレクが晶水の鼻先に、音をたててキスをする。

「あは、くすぐった……、あ、あぁ……っ？」

戯れのくちづけは一瞬だ。気がゆるんだ隙に、彼はぐっと性器を進入させてくる。

抉るように深く突き立てられたそれは、あっという間に晶水を占領していく。

「やぁ、ああ、ああ……っ」

身体の奥まで熱くなり、いやらしくかき回される。

「ああ、アレク、アレク……っ」

晶水はアレクの胸にしがみついたけれど、決して彼の肩を叩かない。

初めて男を受け入れた衝撃と痛みに襲われながらも、離れてほしいと思わなかった。

「晶水、愛しています」

低い声の囁きが鼓膜を通し、脳髄の奥まで震えそうだった。

もう何も考えられない。彼が身体を動かすたびに、神経が擦られる感覚に襲われる。

「あああぁ――――っ」

深い衝撃に耐えた。耐えながら、自分はきっと、これが好きになると思った。

(こんなに苦しいのに、何を考えているんだろう……)

どこかで冷静な自分もいるけれど、今は強烈な感覚をひたすら受け止める。

苦しいけれど、大好きなアレクに抱かれているから大丈夫だと思う。

(きっと、これが大好きになるんだ。だって、彼を受け入れるんだから)

淫靡(いんび)で甘美なふれあいは、晶水から理性を奪いそうだ。

「あ、あ、やだ、だめ……っ」

急激に襲ってくる快楽に戸惑い、身を捩る。アレクが性器を擦り上げるせいだ。

「あぁ、あぁ、やぁ、いっちゃう……っ」

後ろに男を受け入れたまま、敏感な場所を弄られる。それは初めての体験だった。

ぞくぞくする感覚に追い上げられて、堪らなくて口を大きく開き涎を垂らす。

「怖がらないで。もっと乱れてごらん」

そう囁かれて、身体が震える。何が快感で何が不快なのか、もうわからない。

ただ頭の芯が蕩けそうな、そんな感覚に囚われる。

「あ――……っ、あ――……っ」

生まれて初めて男を受け入れたのに、それさえも忘れて腰を揺すった。

それぐらい性器を擦られると、電流が走るみたいに身体が震えた。

「愛しています。私の可愛い人」

「おれ、おれも、……すき」

アレクにしがみついた晶水は、蕩ける蜜の官能に飲み込まれていった。

□□□

「本当にウェディングドレスを着るんですかぁ」

言っても仕方のないことをグチグチ言うのは、みっともないし、そもそも性に合わない。

晶水は下町っ子。細かい話は得意じゃなかった。

(いや、男子がウェディングドレスを着るって、細かい話じゃないよ)

なんとなく納得しかけて、違うと頭を振る。

ここ数日、晶水の心は微妙に揺れていた。

アレクとの挙式まで、あと一ヶ月。そろそろ衣装の準備が始まった。

花嫁たるもの、純白のドレスを着るものだと懇々と説得され続けた結果、晶水が折れる形になったのだ。

デザインもアレクが決めた。あとは仮縫い二回だという。

(仮縫いって、なんだよもう)

自慢ではないが海神家の子供たるもの、高校は私服校と決めて受験の準備を始める。なぜ私服限定かというと、理由は制服に金をかけたくないからだ。

この明確な志のため、晶水も進路など関係なく私服高校を狙ったが、偏差値が足りずに制服の高校へ進学が決まり、兄ズと姉ズから罵られた過去を持つ。

その制服のために百貨店という魔窟に行き、無駄に高い商品に囲まれながら、試着をする羽目になったので、仮縫いにもあまりいい感情はない。

(あの時は兄ちゃんズが罵りながらも、金を出してくれたんだよなぁ。試着なんて、あれ以来だよ。でもウェディングドレスも、試着するんだな)

正確には試着ではなく、仮縫いである。男子高校生の被服知識なんて、この程度だ。

「お疲れさまでございました。ピンがたくさん刺さっておりますので、ご注意ください」

けっきょく大きな姿見の前で、こっちのギャザーがどうの、こっちのタックがどうのと言われながら、ズルズルのドレスを仮縫いした。

まだ、しつけ糸で縫われているので、素人の畠水から見ると、なにがなにやらだ。

それでも針を持つ仕立て屋たちは、口々にお綺麗だと褒めそやす。

なんのウェディングマジックだろう。

大きな鏡に映る自分は、どこから見ても、もう男子高校生じゃない。

髪は短いし肌は日焼けしているし、化粧も施していない。それでも花嫁なのだ。

（うわぁ……、自分で見ても違和感がない。妹ズが見たら、思いきり食いつくよ）

ふと過ぎる家族の顔。いかんいかんと頭を振って、未練を追い払う。

「それでは針に注意しながら、脱いでいただいて結構です」

ようやくお許しが出て、針地蔵みたいなペラペラの服を脱ぐ。いつもと同じシャツとズボンに着替えて、ようやくホッとした。

その時。

着替えのために全員が退室した広い部屋の中。見慣れない、白い塊がある。

（え？　あれ？　あれって）

愕然（がくぜん）として部屋の真ん中に置かれた物体を見つめた。あれは。

冷蔵庫。

ジェムキングダムでは見ることがなかった、真っ白な冷蔵庫が置いてあった。晶水の全身から、音を立てて血の気が引く。

（あれって、あれって、あれって、あれって、――――アレ？）

異世界に飛ばされた時に入った、白い冷蔵庫。今どき製氷機能もついていない、どこから見ても庶民的な冷蔵庫。

……なんで、それが、今、ここに、あるの？

ドクンドクン、心臓の音が響く。血液がざぁざぁ流れる音も聞こえる。

冷蔵庫を開けてみたら。

開けたら、どんな世界なのか。真っ白の空間が広がっているのか。

大丈夫。中に入らなければ大丈夫。ちょっと見るだけなら。

見るだけ。

ちょっと開けるだけ。

ドキンドキン。さっきと違う心拍の音。

大丈夫。自分はジェムキングダムで生きていくって決めたんだから。

ぜったい、大丈夫。

# 9

「お客さーん、閉店ですよー」

呑気な声に、ハッと目を開く。そこには、古物商の店主の顔があった。

「え！」

自分を見下ろすと、いつもの高校の制服を着て、店内の端っこに座り込んでいる。

どこにもウェディングドレスの名(な)残(ご)りはない。

目の前に、あの冷蔵庫もない。

「おじさん！　冷蔵庫は⁉」

「冷蔵庫？」

「お、おれ、２ドアの冷蔵庫を貰うって言っていたの、覚えてませんか」

大きな声で叫んだせいか、店主はしょっぱい顔をしていた。

だが晶水は、それどころではない。冷蔵庫。あの冷蔵庫がなければ、ジェムキングダムに行くことができない。

ベリル、ジェイド、パール、ルチル、ラピス。なによりアレク。

――アレク。

唯一無二の、おれのアレキサンドライト。

しばらく考えた後、店主は「あー、あの時のお客さん！」と思い出してくれた。

「いやぁ、冷蔵庫を持っていくって話を進めていたのに、急にいなくなっちゃったでしょう。また来るのかなぁって、三日ぐらい待っていたんだよ」

「三日……？」

そんなバカな。

ジェムキングダムで過ごした時間は、三日じゃない。優に二ヶ月以上は経っている。

だけど現実の世界では、わずか三日しか経っていないのだ。

「待っていたけど来ないから、ほかのお客さんにあげちゃったんだ。ごめんね」

軽く言われて倒れそうになる。だが、仕方がない。

無料で在庫一掃セール。いない客なんかに構っていられない。むしろ三日も待っていてくれたなんて、良心的すぎる店だった。

「……すみません」

「こっちは別にいいけどさ。それより顔色が真っ青だよ。大丈夫？」

「大丈夫です。あの、……冷蔵庫を持っていった人って、どこの方ですか」

話はしていたが、頭がガンガンする。

アレク。……アレク。

異世界への扉がなくなってしまった。

あの冷蔵庫がなければ、二度と彼に会えない。

「うーん……、どこの人だったかな。車で来ているから載せて帰るって言って、荷台に積んで帰ったんだよ」

「れ、冷蔵庫を持ち帰り？」

「うん、たまにいるよ。冷蔵庫って配送費がかかるでしょう。そのお客さんは軽トラで来ていたから。宅配の伝票もないし、電話番号も控えてなかった」

要するに、どこの誰かもわからない。ザルすぎだった。

もちろん文句が言える立場じゃなかった。

「あ……、ありがとうございました」

「気をつけて帰りなさい。フラフラしてるじゃない」

晶水の心配してくれる店主に大丈夫とくり返し、店を辞した。

ぜんぜん大丈夫なんかではない。頭の中はグラグラだ。

(どうしよう。冷蔵庫がない。冷蔵庫が)

現実世界に戻ったことよりも、冷蔵庫を失ったことのほうが大きい。

どうして。どうして帰ってきたのだろう。

――――どうして。

ジェムキングダムで無理難題をふっかけられていた時は、こちらの世界に帰りたくて仕方がなかった。親やきょうだいが恋しかった。

でも今は。

どうやってあの宝石の国に戻れるか、そればかり考えている。

服も制服に戻っているし、スマホを見れば、電源が切れている。三日も過ぎているのだ。当然だろう。

アパートに戻り電源を繋ぐと、実家や友達からの留守電がいくつか。確かに三日分。

自分はあれだけジェムキングダムにいたのに、こちらの世界の三日分。

「どうやって戻ればいいんだろう……」

頼りない声が洩れた。自分がどこにいるのかわからない。

アレクにもう逢えないのか。

あの宝石の国には、二度と戻れないのか。

「……っ」

涙が零れた。声にならない吐息が唇から洩れる。そのまま畳に突っ伏して、頭をかかえて泣き出してしまった。

誰かあの冷蔵庫をちょうだい。

自分をジェムキングダムに戻してください。

アレクに逢いたい。逢いたい。逢いたい。

「逢いたいよぅ――――……」

晶水の声は闇の中に沈んで砕け、壊れて消えた。

□□□

「晶水、あんたどうしちゃったの」

母親の声にハッとなる。ここは実家のリビングだ。

姉ズ、妹ズも出かけていて、弟ズは、すよすよお昼寝の時間だった。

母は洗濯物をたたみながら、晶水の顔をじっと見ていた。

「え？　うん？　えーと、……なんだっけ」

呆けすぎた返事に呆れたのか、母は立ち上がるとキッチンでお茶を淹れてくれた。

「ほうじ茶、好きでしょう」

香ばしい香りに、思わず頬がゆるむ。こんないい匂いがほかにあるだろうか。

お茶屋さんの前を通ると茶を焙じている匂いがする。それだけで幸せな気持ちになる晶水は、お茶をぐーっと飲む。

「おいしい……」

するとまたしても母の視線を感じた。

「なに？」

「いつもと様子が違うから、気になっているのよ」

「……そっかぁ」

母親が鋭いのか、単に自分が抜けすぎているのか。どちらかわからない。ただ、確かにジェムキングダムから戻って、自分はおかしい。

あんなに帰りたいと思った実家なのに。

どうして喜ぶことができないのか。

「母ちゃん、おれがいなくなったら、悲しい？」

「はぁ？」

そう訊ねてみると母は眉間にシワを寄せる。

「失踪でもするの？」

「わかんない……」

空虚な声がした。

「でも、おれ……、好きな人がいるんだ」

「あらあら。めでたい話ね。なぜそれで失踪なの？」

「違うところにいるから、だから逢えなくて、逢いたいのに逢えなくて……」

「そんな歌、あったわね」

「うん……」

遠距離恋愛とかいうレベルでなく、遠すぎる。

心が震えるどころの騒ぎじゃない。心臓が爆(は)ぜそうだ。

どこにあるかわからない、いるかいないかわからない、異世界の住人。

その人に焦がれて爆死なんて、悲劇を通り越して喜劇だ。

「逢いたくても逢えないところに、その人はいるんだ」

「刑務所?」

「違う。でも、その人に逢うために、今の生活を捨てなくちゃならなくて」

「あらー、大変だ」

ぜんぜん大変と思っていない声の響きに、ガックリくる。

「真面目に聞いてるの?」

泣きそうな気持ちで問うと母は、にっこり笑った。

この場にそぐわない、晴れやかな笑顔だ。

「真面目に聞いてないように見える?」

「じゃ、じゃあさ、淋しくないの? おれ、いなくなっちゃうんだよ」

どこかすがる気持ちで聞いてみると、アッハッハと笑われる。

「そこで笑う？　笑うの？」

「淋しくないわけがないじゃない」

真っすぐに見据えられて、そう言われた。この目は、どこかで見たことがある。どこでだったろう。そうだ。あれは。

小学生の時、クラスで集めていた児童会費がなくなった。疑われるのは大抵、あんまり豊かでない家の子供だ。

この時は晶水が槍玉にあげられて、口がうまくなかったので釈明できなかった。けっきょく母親が学校に呼ばれ、担任にあれやこれやと探りを入れられた。あげく、ご家庭の状況はいかがですかと、意味のわからないことまで訊かれた。

『晶水くんはごきょうだいも多いし、欲しい物も買ってもらえないんじゃないですか』

ねちゃーっとした、いやらしい話し方をする教師だ。晶水はこいつが大嫌いで、教師も同じように、こちらを毛嫌いしていた。

教師と生徒、お互い距離が広がりすぎていた。そんな時に、この事件。

教師にとって、目障りな子供。その子が小遣い銭を稼ぐために、会費をポケットに入れたと考えたのだ。

『きょうだいが多くても、していいことと、いけないことの分別がつく子供です』

長身で美人の母は小柄なほかのお母さんより、迫力があった。

しかも学校に呼び出される時は、決まってフルメイクを施し、一張羅であるシャネルのスーツを着てくる。

要するに喧嘩上等。教師とタイマンを張りに来たのだ。

『先生、むやみに子供を疑うのは感心いたしませんね』

『いや、しかし』

『最後に教室を出たのが、この子だから？　だから疑われて当然ですか。それとも我が家が貧乏所帯だから、人さまの金に手をつけたとお思いですか』

『いや、お母さん……』

『証拠もなしに子供を疑うのでしたら、教育者の看板を下ろしたほうが、よろしゅうございますよ。子供はね、そういう大人が大嫌いですから』

『いや、あのですねお母さん』

『わたくしの名は、お母さんではございません。産んだ覚えもない人間から、お母さん呼ばわりされると虫唾が走りますの。ごめんあそばせ』

その数日後、清掃で出入りをしていた人間が捕まった。あちこちの学校で、盗難を重ねていたらしい。

母親はそれを聞くと、鼻高々に「だよね！　だよね！　だよね！」と言い、笑った。

今の母は、その時と同じ目をしていた。

子供を信じる、ひたむきなお母さんの瞳だ。

「あんたがどこにいても、どんな時も、誰がなんと言おうと、晶水は母ちゃんの子供よ。だから好きにすればいいじゃない。イヤになれば帰ってくればいいんだし」

あっけらかんとした、太っ腹すぎる言葉だ。

「うん……」

「まぁ、どこに行っても定期連絡ぐらいはしなさいよ。刑務所に入ってても、手紙は受刑者に許された、れっきとした権利だからね」

「刑務所の設定でキマリなんだ」

落ち込んでいた晶水の気持ちが、少し浮上する。

無条件に自分を信じてくれる人がいるのは、本当に心強いのだと思い知った。

□□□

母と話をした数日後、例の古物商を訪ねてみた。

すると店舗のシャッターが閉められていて、窓から覗いてみたが誰もいない。

無人だ。

「あー、とうとう閉店しちゃった……」

これでますます、異世界への道が閉ざされた。

アレクに逢うことは、叶わなくなったのだ。

思えばこちらの世界に帰ってきた時、どうしてもっと考えておかなかったのか。

「とつぜん戻ってきたショックで、呆然自失になっちゃったからなぁ……」

あんな状況で、理路整然と考えられる人なんかいるもんか。そう自己弁護しても、無意味なことこの上ない。

どうしたらいいのだろう。

どうやったら、ジェムキングダムに帰れるのだろう。

溜息をついて空き店舗を後にしようとすると、「お客さん」と声をかけられた。

「お客さん、お客さん！」

「へ？」

三回も呼ばれてから、ようやく自分かと顔を上げて驚いた。

目の前には、あの古物商の店主が立っていたからだ。

「よかった。この間は冷蔵庫のことで、あんまり落ち込んでいたから気になって」

気遣ってくれたことが嬉しいのと恥ずかしいのとで、えへへと笑う。

本当に落ち込んでいた理由は冷蔵庫ではなく、ジェムキングダムに帰る手段がなくなったから滅入（めい）っていたのだが。

言っても仕方がないことなので、敢えて口にはしなかった。だが。

「あれからさぁ、店を畳んだのに冷蔵庫を返品されて、困っているんだよー」

「え？」

「あの冷蔵庫。なんだか曰くつきだったらしくて、戻ってきちゃったよ」

「え！　その返された冷蔵庫はどこに」

「うちの倉庫。本当に参っちゃうんだよー。保管には金がかかるし、新製品がドンドン出るから古い家電は人気がないし、処分にも金がかかるし」

「な、な、なんで返品って」

「わけがわからないんだよ。なんでもね、夜中になると人の声が冷蔵庫の中から聞こえるとか言われてさ」

「人の声？」

「そう。なんか、マサミーとか言っているんだってさ。なんだろうね、人の名前かな。もう気味が悪いから、有料で処分するしか」

そのとたん、晶水は店主の両手を握りしめた。

「譲ってくださいっ」

「はぁ？」

突飛なことを言い出した晶水に、店主は気持ち悪そうな目を向ける。

「待ちなさい。夜な夜な女の名前を呼ぶ冷蔵庫だよ。気持ち悪いよ。七代祟(たた)るよ」

マサミだから、女性だと思い込んでいるのだ。敢えて勘違いを正そうとはせず、店主の手を握りしめた。

「大丈夫です、譲ってくださいっ！　おれ、呪いなんかヘッチャラです！」

「なにを根拠に大丈夫なんだい。すぐ返品でもされたら、おじさん心が折れちゃう」

「しません、絶対にしませんっ！」

思いきり頭を下げて頼み込む。

「オカルト好きな若い子っているんだなぁ」

最初は冷蔵庫を欲しがる貧乏学生という認識だったのに、いつの間にかオカルト好きの変人にされてしまっている。

でも、それでもよかった。

アレクに会えるのなら自分がどう思われようと、どうでもいいのだ。

「今日は息子もいるから、配達してあげるよ。床の補強もできるから」

ぼろアパートに住んでいることを、思い出してくれた。本当にありがたい。

一縷(いちる)の望みにすがる気持ちで、晶水は店主の善意に頭を下げた。

□□□

その後、古物商の息子だという大柄な男が、車で冷蔵庫を運んでくれた。

無口な彼は無駄口を一切叩かず、冷蔵庫を設置して帰っていった。あんまり呆気(あっけ)なくて、拍子抜けしてしまったぐらいだ。

彼が帰るのを見送ったあと部屋に戻った晶水は、恐る恐る、そして期待に震えながら冷蔵庫のドアを開けた。しかし。

「……あり?」

変化なし。

入ろうと思えば、なんとか入れる。でも、あの時は確か、背後から突き飛ばされるみたいにして、転がり込んだ。

中は真っ白い宇宙空間みたいに無限に広かった。

だけど今はただの、何も入っていない冷蔵庫。

ただの冷蔵庫に、何が起こるわけでもない。

「えー……?」

諦めきれずに何度もドアを開閉し、脚を突っ込んでみても変わらない。

気づくと両方の瞳から、涙があふれていた。

滴は頬を伝って顎に、そしてぽたぽた胸元を濡らす。

「そんなぁ……」

しゃがみ込み、そのまま床の上に丸くなる。

なにもない。なにもない。なにも。

白い空間も、宝石の国も。五つ子も。——アレクも。

「アレク……、アレク……っ」

この冷蔵庫は、ただの古い冷蔵庫。

もう異世界には行けないのだ。

苦しい思いでドアを閉めて、深い溜息をつく。涙は胸元をびしょびしょに濡らしていた。

本気で悲しかったからだ。

「じゃあ店主さんが言っていた、夜な夜なマサミと呼ぶ声って、なんだったの」

確かに『マサミー』と呼ぶ声がして、気味悪いから返品と言っていた。

「あれは、……アレクじゃないのか」

あの人だったらと思ったら、胸が張り裂けそうだった。

愛しい人が、自分を呼んでくれている。いなくなった晶水を呼んでいる。

と思ったのは、ただの思い込みだったのかもしれない。

「悲しいなぁ」

ようやく冷蔵庫を諦めて、コンセントを入れた。

扉にならないなら、冷蔵庫として役に立ってもらおうという気持ちからだ。

「……おれって貧乏性だ」

冷静に考えて笑いが滲む。呪われた冷蔵庫は、ただの冷蔵庫なのだ。

だが。

バターン！　と大きな音を立てて、冷蔵庫が内側から外にいきなり開いた。

えぇ!?　と思って見ると、棚板やドアポケットもあったはずの冷蔵庫は、真っ白い空間になっていたのだ。

「……まさか、電源を入れないと異世界と繋がらないとか？　なにそれ……」

貧乏くさい設定にクラクラしていると、遠くのほうから微(かす)かに声が聞こえた。

遠くのほうから、確かに自分の名前を呼ぶ声が。

「アレク……」

あの声は。間違いない、あの声は。

「アレク――――ッ」

大声で愛する人の名を呼んで、冷蔵庫の中に顔を突っ込む。

「アレク、おれはここだよ！　アレク！　アレクー！」

すると中から大きな手がいきなり出てきた。

「アレク⁉」

晶水の胸元を摑み、中へと引きずり込む。

怖かったけれど、それよりも嬉しさのほうが勝った。

アレクが呼んでくれている。アレクが手を伸ばしている。

期待に震えながら目をギュッと閉じる。開けていては、駄目な気がしたからだ。

次の瞬間、衝撃が身体中に走り、ボタッとどこかに転がり落ちた。はずみでゴロンゴロンと身体が飛ばされ、必死でなにかを摑む。

「静粛に！」

ハッとして瞼を開くと、見慣れた、しかし二度と見たくない光景が目に入る。

そして必死で摑んだものは、あの憎たらしいジャッジマレットだった。

法廷だ。

「えぇぇぇ――――っ！」

「静粛に。静粛に！　法廷侮辱罪で訴えますぞ！」

裁判長はガンガン叩きたいジャッジマレットを奪われて、激怒している。当然だろう。

法廷は神聖な場なのだから。

そんなことを考えられるのは一瞬で、あとは真っ白になってしまった。

（法廷。じゃあ、これから物語が始まるのか。今から死刑宣告されて、おれが抵抗して怒鳴り散らして、それで……）

「晶水」

まだ裁判が再開されていないのに、誰かが名前を呼んだ。

（なんだよ、こっちは忙しいんだよ。忙し……）

目の前に立っていたのは、タイミングが早すぎたが誰よりも逢いたい人だった。

「アレク……」

「帰ってきた。帰ってきたのですね。……おお、神よ」

筋書きが違うと戸惑ったのも一瞬で、あとはもう、どうでもいい。

とにかく愛しい人にしがみついた。

ギュッと抱きしめられ、幸せで死にそうになる。

「アレク、アレク……っ」

「ずっときみを捜していました。とつぜん姿を消して一年、どこにいたのですか」

ふたたび叫びそうになる。なにその、いい加減な時間軸。

「こ、これ、おれの裁判？　おれはまたベリルを殺害しようとして、捕まったの？」

「いいえ。別の件での裁判です。兄上もいないでしょう？」

言われて辺りを見回したが、あの怒り心頭の王はどこにもいない。もちろん、怯えた目

のベリルの姿もなかった。

「晶水、逢えてよかった。ずっと帰ってくると、信じていました」

頬を両手で包むようにされて、思わず涙が出る。

ようやく帰ってこれた。

「アレク、キスして……」

そう譫言みたいに呟くと、彼はすぐに願いを叶えてくれた。

幸せ。しあわせだ。

だがその幸福は、すぐに打ち砕かれる。

「王弟殿下！　あなたも侮辱罪で訴えられたくなければ、すぐに退廷しなさいっ」

（わー、激オコじゃん）

晶水は肩を竦め、すぐにあることに気づいた。すっくと立ち上がりアレクの腕から離れると、トコトコ裁判長に近づく。

「近寄るな！　警備員はどこだ！」

「あ、ごめんなさい。これだけお返ししたくて。さっき、なんでか摑んじゃったんです。ないと困るでしょう？」

差し出したのは、ジャッジマレットだ。裁判長に近づけなさそうなので、近くにいた警備員にハイと差し出した。

裁判長は青くなったり赤くなったりしながら、自分の手に戻ってきた木槌を見つめ、思いっきり叩く。

「退廷、退廷っ！　今すぐ消えないと、投獄百年の刑に処す！」

アレクは晶水を引き寄せ抱き上げると、さっさと法廷を後にした。

大変な場面のはずなのに、彼は大きな声で笑っている。

こんな笑顔は初めてだと、晶水は思った。

□□□

「えっ、おれを呼んでいたのはアレクじゃないの？」

「そうです。もちろん毎日きみのことを考えていましたが、あまりに憔悴（しょうすい）した姿は皆を心配させるので。きみの名を呼ぶのは、心の中だけでした」

「……そうなんだ」

そんなことを話しながら、アレクの館に帰った。

使用人たちはみんなが晶水を覚えていて、よく戻ったねと出迎えてくれる。

シェルは泣きながら晶水に抱きつくし、執事までもが目に涙を浮かべていた。

「マサミちゃん！」

「マサミちゃん！」

「マサミちゃん！」

「マサミちゃん！」

相変わらず子供たちは、こちらの館に入り浸っているらしい。四人が頬を真っ赤にして晶水に駆け寄ってきた。

「あははっ、みんな元気だった？　いていていて。誰だ歯を立ててるのは」

興奮しきった子供にもみくちゃにされて、ふとベリルの姿がないことに気づく。

あの恥ずかしがり屋は、どこに隠れたのだろうと溜息をつく。すると、服の裾を引っ張られているのに気づいた。

「ただいま、――――ベリル」

そう言って後ろを振り向くと、顔を真っ赤にして涙を溜めた子がいた。

「マサミちゃん、マサミちゃん、……マサミ……っ」

その声を聞いた瞬間、理解した。

冷蔵庫の中から聞こえたあの声は、アレクではない。

この恥ずかしがり屋の控えめな子が、必死で自分を呼んでくれていたのだ。

うじゃうじゃ抱きつく四人を抱きしめながら、ベリルに向かって手を差しのべる。

すると恥ずかしがり屋の人見知りっ子が抱きついてきた。

（こんなちっちゃいお手々を、大人みたいに大きくして、おれを摑んでくれたんだ）

傍らに立っていたアレクが驚きの溜息をつき、身を屈めて五つ子と愛しい恋人の身体をギュッと抱きしめた。

戻ってきたのだ。

恋人の強い抱擁に酔いしれながら、晶水は嬉しさで涙を浮かべた。

# Epilogue

『拝啓、父ちゃん母ちゃん。お元気ですか。定期連絡です』

手書きで認める手紙の一句は、いつも同じ言葉から始まった。

週に一回は必ず送る、定期連絡だからだ。

『おかげさまでアレクとの結婚式が、無事に終了したことをご報告させていただきます。

稀に見るいい式典だったと、みんなからお褒めの言葉をいただく式でした。

うちの家族が参列できなくて残念でしたけど、アレクは今度、そっちの世界で式を挙げましょうと言ってくれています。

あの冷蔵庫が、ピタリと人間を輸送するのをやめてしまい戸惑っています。

でもポストみたいに手紙が送れるとわかったので、一安心。

人間も順次、そちらに行けるよう、いろいろ調べますね。

こちらは平和です。

いろいろな人がいて、いろいろな思惑もあります。

宝石の国だからといって、誰もが幸せとは限りません。

それでもアレクとおれは平和に、毎日つつがなく暮らしています。あ、そうだ。差し入れの醤油と味醂をありがとう。すっごく喜ばれました。またちょうだい』

そこまで書いたところで、「晶水」と呼ばれた。

「お母さまへの手紙？」

「うん。送ってもらった醤油と味醂をまた送ってねって催促の手紙。あ、あと。お味噌も頼まなくっちゃ」

ちゃっかりした顔でそう言うと、アレクは笑った。

「今度は私も、必ずご挨拶に伺うと書いておいてください」

「うん。早く母ちゃん父ちゃんに紹介したいし、兄ズ、姉ズ、妹ズ、あとは天河と天青に会わせたいな。すっごい可愛いんだよ」

そう言うと、チュッとキスをされた。

「おお、私のアマゾナイトとセレスタイト。ぜひ会って抱きしめたいです」

天河と天青を宝石名で呼ぶのが気に入っている彼は、極上の笑みを浮かべた。

「うーん、藍と碧が大喜びで食いつきそうな美形だから、ちょっと心配……」

そう呟くと、不思議そうな顔をされる。それを笑ってごまかした。

中断したけれど、手紙の続きは、こう書こうと思っている。

『父ちゃん母ちゃん。
おれは愛する人と一緒にいられて、幸せです。
この美しい国でも、誰もが幸福とは限らないのは、そちらと同じ。
それぞれの苦しみで嘆く人はいます。
妬(ねた)んだり、嫉(そね)んだり、嘆いたり。
それでも生きていかなくちゃならない。
おれはね、アレクと一緒だから、何が起こっても大丈夫。
愛ってすごい。愛って強い。
愛は大きくて偉大だと実感しています。
次の課題は母ちゃん父ちゃん、兄ズ姉ズ妹ズ弟ズに会うこと。
絶対にそちらに行けるよう、こちらに来られるよう、研究します。
あとね、お味噌もお願いします。赤味噌白味噌両方ね！

晶水』

わがまま放題の定期連絡は、こんな感じだろうか。
手紙を認めるたびに、誰にも負けないぐらい幸せだと必ず書いてしまう。

だって幸福になるために、宝石の名を持って生まれてきたのだから。
おれたちは笑って生きていく。
いついつまでも。どこまでも。

end

# あとがき

弓月です。本書をお手に取ってくださり、ありがとうございました。

今回は幼児が、わちゃわちゃ出ます。混乱しませんか。私はします。紙に名前を書いて貼りつけ、確認しながら書きました。楽しかったなぁ。

そんな子供たちのみならず、アレキサンドライトと晶水を美しく潑剌（はつらつ）と描いてくださった、タカツキノボル先生。素晴らしい作品を、ありがとうございました！

担当様、冷静なご指摘をありがとうございます。いつもプロットの端っこに相関図を書いてくださる救世主。それは自分で書けと反省しています。すみません。

営業様、制作様、販売店、書店の皆様。今回も皆々様のお支えのお陰で、本を店頭に並べていただけます。今後とも、よろしくお願いいたします。

読者様。いつもありがとうございます。私事ですが弓月は著述業十五年目、著作が本書で五十冊となりました（ノベルスの文庫化を除く）。

読んでくださった読者様、お仕事をくださる出版社様、書店様、ツイートで宣伝してくださった皆々様のお陰です。ありがとうございました！

読者様からお手紙やツイートをいただくと、すごく力が湧きます。皆様からのお優しい言葉は心のＡＥＤ。蘇生装置のおかげで、今日もポチポチ書けています。

以前『ミルクとダイヤモンド～公子殿下は黒豹アルファ～』というタイトルの本を上梓いたしましたが、今度の作品の舞台はジェムキングダムという架空の国。ダイヤモンドのお城が出ます。「どんだけヒカリモノ好きやねん」と突っ込んではいけません。ヒカリモノ最高。サバとかアジとかイワシとかコハダとか（違）。

ダイヤモンドも、わりと好きです。そんなギラギラなわたくし、今回もラブを頑張りました。ＢＬは心のダイヤモンド。綺麗に決まりました。

それではまた次にお逢いできることを、心から祈りつつ。

弓月あや　拝

本作品は書き下ろしです

弓月あや先生、タカツキノボル先生へのお便り、
本作品に関するご意見、ご感想などは
〒101 - 8405
東京都千代田区神田三崎町2 - 18 - 11
二見書房　シャレード文庫
「ららら異世界ジェムキングダム～宝石の国へお嫁入り～」係まで。

# ららら異世界ジェムキングダム～宝石の国へお嫁入り～

2022年 4 月20日　初版発行

【著者】弓月あや

【発行所】株式会社二見書房
東京都千代田区神田三崎町2 - 18 - 11
電話　03(3515)2311［営業］
　　　03(3515)2314［編集］
振替　00170 - 4 - 2639
【印刷】株式会社 堀内印刷所
【製本】株式会社 村上製本所

落丁・乱丁本はお取り替えいたします。
定価は、カバーに表示してあります。


ISBN978-4-576-22043-7

https://charade.futami.co.jp/